蘭方医・宇津木新吾

恐喝

小杉健治

双葉文庫

目次

蘭方医・宇津木新吾　恐喝

第一章　謎の怪我人

一

天保《てんぽう》二年（一八三一）七月。

宇津木新吾《うつぎしんご》は薬籠《やくろう》持ちの若い勘平《かんぺい》と共に、米沢《よねざわ》町にある乾物問屋『西国屋《さいごくや》』にやって来た。間口が広く、戸口には大きな紺の暖簾《のれん》がかかっていた。

番頭は店の脇にある家人用の戸口に案内した。土間に入ると、すぐに三十路と思われる細身の女が現れた。

「内儀《ないぎ》のおそのでございます。どうぞ、こちらに」

おそのは新吾を奥に案内した。勘平もついてくる。

昼過ぎに松江《まつえ》藩の上屋敷から日本橋小舟町《にほんばしこぶなちょう》の家に帰ると、義父の順庵《じゅんあん》は往診に出ていて、若い医者がふたりで、通い患者を診ていた。若い医者には簡単な療治《りょうじ》をさせ、重い病は順庵か新吾が診た。

新吾が通い患者の療治にとりかかってほどなく、往診の依頼がきた。『西国屋』の番頭からで、大旦那が気分が悪いといって苦しんでいるのですぐ来ていただきたいということだった。

大名のお抱え医師という看板の威力は凄まじく、大店《おおだな》や富裕な者たちの往診が増えた。おかげで、実入りもよくなり、そのぶん、貧しい患者からは金をとらずに済む。

『西国屋』からははじめての依頼だった。番頭は駕籠《かご》を用意していた。新吾は辞退し、小舟町から米沢町まで急ぎ足で向かった。

新吾はおそののあとについて行く。広い屋敷だ。内庭に面した廊下を、一番《いちばん》奥の部屋まで行き、おそのは立ち止まった。

「先生がいらっしゃいました」

おそのは声をかけて障子《しょうじ》を開け、

「どうぞ」

と、中に入るように勧めた。

新吾と勘平は部屋に入った。

ふとんの上に年寄りが胡座《あぐら》をかいていた。大旦那だ。そばに、中肉中背《ちゅうにくちゅうぜい》の四十絡みの男がいた。

「『西国屋』の香右衛門《こうえもん》にございます。父が目眩《めまい》がするというので、来ていただきましたが、ご覧のとおりでして」

香右衛門が苦笑した。

「だから、わしはだいじょうぶだと言ったのだ」

大旦那は顔をしかめた。

「お元気そうでなによりです」

新吾は安心したように言い、

「せっかくですから検診させていただきましょうか」

と、口にした。

「おとっつぁん、診てもらったら安心だ」

香右衛門が笑みを浮かべて言う。

「わしはだいじょうぶだ」

「そう言わず。先生、お願い出来ますか」

「わかりました」

新吾は患者の脈をとり、眼球を調べ、それから聴診器を胸に当てた。

「目眩はときどきしますか」

新吾は大旦那にきいた。

「いや、ちょっと立ちくらみをしただけだ。それを、倅《せがれ》が大仰に騒いだのだ。わしはなんともない」

大旦那は憤然《ふんぜん》と言う。

「顔色も悪くありません。心配には及びません」

新吾は答えた。

「そうですか。安心しました。ありがとうございます」

香右衛門は言って腰を上げ、

「先生、向こうに」

と、誘った。

「先生、すまなかった」

大旦那が声をかけた。

「いえ」

新吾は微笑《ほほえ》みで応える。

廊下に出たあと、香右衛門が声をひそめ、

「先生、じつはもうひとり診ていただきたいのです」

と、言った。

「もうひとり？」

「はい。恐れ入ります。おその」

香右衛門は声をかける。

「どうぞ、こちらでございます」

新吾の返事をきかず、おそのが誘う。

おそのは先に立ち、内庭に面した廊下をまわり、庭をはさんだ反対側の部屋まで行って立ち止まった。

「申し訳ありません。こちらからは宇津木先生おひとりでお願い出来ますか」

おそのが厳しい顔で言う。

「なぜですか」

「事情がありまして。どうか、お願いいたします」

新吾は困惑したが、

「では、ここで待っていてくれ」

と勘平に言い、薬籠を受け取った。

「どうぞ」

おそのは障子を開けた。

新吾は中に入る。部屋はがらんどうだった。

「こちらでございます」

部屋を突き抜け奥の襖《ふすま》を開けると、また廊下に出た。

新吾は思わずおそのの顔を見た。

「どうぞ」

隔離という言葉が脳裏を掠めた。他人に伝染《うつ》さないように病人を遠ざけているのか。

「病人の症状は?」

新吾は確かめた。

「刃物で怪我をしました」

「刃物?」

「はい。ちょっとした手違いで」

おそのは曖昧《あいまい》に言う。

怪我人がいる場所に不審を持ちながら、新吾はおそののあとに従った。

薄暗い廊下の奥の部屋の前に男が立っていた。鋭い顔だちで、おそのに頭を下げ、新吾を一瞥《いちべつ》した。

「入りますよ」

おそのは襖を開けた。明かり取りから光が入ってくるが、部屋の中は薄暗い。行灯《あんどん》の灯が、額に濡れた手拭いを載せ、ふとんに横たわっている男を照らしていた。男は苦しそうな荒い息をしていた。三十前ぐらいだ。傍らに若い女がいた。

新吾は枕元に腰を下ろした。

顔が火照《ほて》っている。手拭いは熱くなっていた。

「傷はどこですか」

「脇腹です」

女が曇った表情で答えた。

「失礼します」

新吾は男に言い、寝間着をはだけた。腹部に晒《さらし》が巻いてあったが、血が滲んでいた。

お湯を桶《おけ》に入れて持ってこさせた。

新吾は晒をはぎ取り、手拭いで血を拭き取る。やはり、膿を持っていた。刃物で刺されたようだ。しかし、男はかなり鍛えた体をしていた。だから、刃先が食い込むのも浅く済んだようだ。

傷口を消毒し、化膿止めの生薬を塗った布をあてがう。最後に鎮痛薬を飲ませた。薬は、師と仰ぐ村松幻宗《むらまつげんしゅう》が調合したものである。幻宗が数年間、全国の山野をかけめぐり薬草を見つけ、独自の調合で作り上げたものだ。

男の荒い息は治まってきた。

「これで痛みは鎮まるでしょう。また、明日、様子を見にきますが、もし、また痛みを訴えたら薬を調合しておきますので飲ませてください」

新吾は看病の若い女に告げた。

「わかりました」

「失礼ですが、この怪我は？」

新吾はおそのにきいた。

「ちょっとした手違いで」

おそのがまた同じことを言う。

「手当ては？」

「ただ、薬を塗っただけです」

「医者には診せていなかったのですね」

「はい」

「怪我をしたのはいつですか」

「三日前です」

何か深い事情がありそうだが、立ち入るわけにはいかなかった。

「宇津木先生、どうぞ、こちらに」

おそのが声をかけた。

新吾は腰を上げた。

再び、廊下を戻り、勘平が待っている廊下に戻った。

「どうぞ」

おそのは先に立ち、新吾たちを客間のような座敷に通した。

新吾と勘平が座敷に入って腰を下ろすと、女中が酒膳を運んできた。

「どうぞ、このようなことは」

新吾は固辞し、

「お茶をいただきます」

と、言った。

おそのは女中に酒膳を下げさせた。

女中は代わりに茶を持ってきた。

女中が去ったあと、香右衛門が現れた。

「きょうはありがとうございました。で、いかがでございましょうか」

「傷口が膿んでおりました。もう少し放置していたら大事になったかもしれませんが、心配はいりません」

「そうですか」

香右衛門は安堵《あんど》したように言う。

「ただ、しばらくは治療を続けなければなりません」

「はい」

「患者の名は？」

新吾はきいた。

「河太郎《かわたろう》と申します」

「何があったのですか。匕首《あいくち》で刺されたようですが」

「宇津木先生、どうかそのことはご勘弁願えませんか。ちょっとした手違いで、あのようなことに」

香右衛門はおそのと同じことを言った。

「手違いとは」

新吾はきいた。

「どうか、ご容赦を」

そう言い、香右衛門は懐から懐紙に包んだものを出した。

「これはほんのお礼でございます」

「……」

新吾はそれを掴んだ。厚みの感触から小判が十枚あるようだ。

「薬礼《やくれい》はこんなにいただけません」

「とんでもない。松江藩お抱えの宇津木先生に診ていただいたのです。これでは少なすぎると思っておりますが、宇津木先生は患者からあまり金をとらないと伺っております。それで、失礼かと思いましたが、この額にさせていただきました」

新吾が松江藩多岐川《たきがわ》家の藩医に返り咲いて半年以上経った。

松江藩のお抱え医師は殿さまや奥向きを受け持つ近習医《きんじゅい》や、家老、番頭、用人などの上級藩士を診る番医師《ばんいし》、そして下級武士、すなわち勤番長屋に住む江戸《えど》詰の藩士及び中間《ちゅうげん》・小者《こもの》の治療をする平医師とに分かれている。

新吾は今回は番医師として家老、番頭、用人などの上級藩士を診ている。

「どうぞ、お納めください」

香右衛門は促す。

「そこまで仰るなら」

そう言い、新吾は包みを手にして開き、そこから一両をとり、残りは返した。

「完治までの薬礼として、これだけ頂戴することにいたします」

「しかし」

そう言ったが、香右衛門は新吾の顔つきを見て、

「やはり、噂《うわさ》どおりのお医者さまでございます」

と言い、残りの金を手元に引いた。

「これは改めての機会まで預からせていただきます」

香右衛門は言う。

湯呑みをつかみ、茶を飲みほしてから、

「では、明日また参ります」

と、新吾は腰を上げかけた。が、ふと思い止まり、

「なぜ、怪我人をあんな奥の部屋に?」

と、疑問をぶつけた。

「奉公人にも内密なのです。いろいろ事情がありまして。ですから、宇津木先生の往診も私の父を診るためと話してあります」

香右衛門は厳しい顔で答えた。

「では、大旦那の診察は隠れ蓑」

「そういうことになります。どうか、ご容赦を」

「そうですか」

納得いかなかったが、それ以上は踏み込めなかった。

「失礼します」

改めて、新吾は立ち上がった。『西国屋』を出てから、勘平が堪えきれぬように口を開いた。

「なぜ、怪我人を隠すようにおいておくんでしょうね」

勘平も正直な疑問を口にした。

「奉公人にも秘密のようだ」

「何かわけありのようですね」

「だが、深く詮索《せんさく》するわけにはいかない」

「そうですね」

鎧河岸《よろいがし》を過ぎ、思案橋《しあん》を渡って伊勢町《いせちょう》堀を通って小舟町の家に帰ってきた。

夕暮れていたが、まだ通い患者が待っていた。通ってくる患者はほとんどが貧しい者たちだ。

新吾が理想とするのは幻宗の施療院だ。幻宗は患者から一切薬礼をとらない。相手が金持ちでもだ。貧富に関係なく、幻宗の前では患者は皆平等である。

しかし、幻宗にはそれだけの後ろ楯があるから、金をとらずともやっていけるのだろう。だが、新吾のところはそうはいかない。だから、往診の金持ちの患者からはそこその薬礼をとり、そのぶんで貧しいひとたちをただ同然の額で診察するようにしている。その代わり、医院まで通ってきてもらうのだ。動けない患者には往診する。

もちろん、金はとらない。

ところが、ひとつだけ問題があった。ただ同然なので、貧しい患者が遠くからもやって来て、いつも控えの間は通い患者でいっぱいなのだ。金を払うなら我慢してしまうものを、ただだからちょっとしたことでも通ってくる。予想以上の多さだった。些細なことでやって来る患者も多いが、中にはそこで病気が見つかり、早期に対処出来た事例もある。

新吾が自分の家の戸口に入ろうとしたとき、

「宇津木先生」

と、背後から声をかけられた。

振り返ると、紺の股引きに尻端折《しりばしょ》りをし、羽織《はおり》をまとった三十半ばの小肥りの男が近づいてきた。岡っ引きの升吉《ますきち》だ。その後ろに、巻羽織に着流しの南町奉行所の同心津久井半兵衛《つくいはんべえ》がいた。

「これは津久井さまに升吉親分」

新吾は会釈《えしゃく》をして、

「何か」

と、きいた。

「宇津木先生のところに怪我人がやって来ませんでしたか。匕首で脾腹《ひばら》を刺されているんですが」

あっと声を上げそうになったが、冷静を装い、

「いえ、うちには来ていません」

と、否定してからきいた。

「何かあったのですか」

「三日前の夜、新大橋《しんおおはし》の袂で、男が殺されたんです」

「殺しですか」

「殺された男が握っていた匕首の刃先に血の痕がありました。それから、浜町《はまちょう》堀の辻《つじ》番所の番人が、脾腹を押さえながら薬研堀《やげんぼり》のほうに駆けて行く男を見ていました。おそらく、刃先の血はその男のものでしょう」

「……」

さっき療治した男の姿が新吾の脳裏を掠めた。

「脾腹を押さえていた男が殺して逃げたということですか」

新吾は驚きを隠してきく。

「そうです。しかし、怪我をしていれば、医者に駆け込むのじゃないかと思い、こうやって医者を訪ねているんです」

「そうですか。で、殺された男は誰なんですか」

「まだ、身許がわからないんです」

「わからない?」

「殺されて三日経ったが、行方《ゆくえ》不明の者の訴えはまだない」

津久井半兵衛が口を挟んだ。

「相手は怪我をしているので、そう遠くまでは逃げていないはずです。もしかしたら、どこかに隠れ家があり、そこに往診を頼むかもしれない。そういえば、宇津木先生は往診の帰りですか」

「そうです」

「ちなみにどこに？」

「米沢町の『西国屋』さんです」

「そうですか。もし、怪我をしている男の話を耳にしたらお知らせください」

患者のことをきかれると思ったが、津久井半兵衛は素直に引き下がった。

「いったい、何があったのでしょうか」

新吾はきいた。

「まだ、わかりません。じゃあ、失礼します」

半兵衛と升吉は踵《きびす》を返した。

ふたりの背中を見送りながら、新吾は河太郎という男に思いを馳せていた。

二

翌朝、新吾は三味線《しゃみせん》堀の西側にある松江藩多岐川家の上屋敷に赴いた。

きょうも晴れて、暑くなりそうだ。だが、着実に秋が近づいている気配は感じる。

門を入り、いったん母家《おもや》の番医師の詰所に入った。番医師は他にふたりいるが、まだ来ていなかった。

新吾は部屋を出て、上屋敷内にある江戸家老宇部治兵衛《うべじへえ》の屋敷を訪れた。

治兵衛は半月ほど前から熱っぽく咳《せき》がとまらなくなり、新吾が診ていた。数日前から熱も引き、咳も出なくなった。だが、念のために新吾は毎朝、検診している。

女中の案内で、居間に行く。

「宇津木先生がお見えです」

女中が声をかけて襖を開けた。

治兵衛は出仕前に、居間でくつろいでいた。

「失礼いたします」

新吾は部屋に入り、治兵衛の前に畏《かしこ》まった。

「お加減はいかがでしょうか」

「変わりない」

「脈をとらせていただきます」

新吾は治兵衛に近付き、腕をとった。

そして、すぐに下がった。

「問題はありません。お顔の色も大事ありません」

「うむ。ごくろうだ」

「では、私はこれで」

「どうだ、何か困ったことはないか」

「いえ、ございません」

嫉妬《しっと》のことであろう。若い新吾が番医師となれば、他の医師の反感を買うかもしれない。それは最初から覚悟をしていたことだ。

しかし、幸いなことに、その心配は杞憂《きゆう》に終わった。

「ならいい」

「失礼します」

「待て。花村潤斎《はなむらじゆんさい》とはうまくやっているのか」

治兵衛はきいた。

「はい。いろいろ教えていただいております」

近習医の花村潤斎は公儀の奥医師《おくいし》の弟子筋に当たるという。奥医師とは将軍や御台所《みだいどころ》、側室の診療を行う医師である。

「そうか」

治兵衛は満足そうに頷《うなず》いた。

「失礼します」

新吾は治兵衛の屋敷を出て、母家の詰所に戻った。

ちょうど総髪の花村潤斎が戻ってきたところだった。まだ三十代半ばぐらいで、鼻筋の通った目の大きな男だった。額が広く、聡明そうな印象だった。

毎朝殿さまや奥方の検診を行っている。その帰りだろう。近習医と番医師の詰所は隣り合わせだった。

新吾は会釈をして見送った。

近習医の部屋に入ろうとして、潤斎が振り返った。

「宇津木どの」

潤斎が呼びかけた。

「話がある。よかったら、こちらに」

「わかりました」

潤斎は幕府の奥医師桂川甫賢《かつらがわほけん》の弟子筋にあたるということだ。

桂川甫賢は大槻玄沢《おおつきげんたく》、宇田川玄随《うだがわげんずい》と並ぶ蘭学者の大家であり、桂川家は代々奥医師を世襲している。奥医師の首席は法印《ほういん》、次席を法眼《ほうげん》というが、桂川甫賢は法眼である。

新吾はいったん番医師の詰所に入って薬籠を置き、改めて隣の部屋に行った。

「失礼します」

新吾は部屋に入った。壁に小抽斗の箪笥《たんす》があった。薬草が詰まっているのだ。

新吾は向かいに座った。

「宇津木どのに茶を」

潤斎は弟子に声をかけた。

「どうぞ」

弟子が湯呑みを置いた。

「すみません」

新吾は礼を言う。

「あなたは高野長英《たかのちょうえい》どのと親しいのであったな。番医師として招くようにご家老に勧めたのも長英どのだそうだの」

「はい。長英さまにはよくしていただいています」

高野長英は仙台《せんだい》藩の一門の水沢《みずさわ》家家臣の子として生まれたが、九歳のときに伯父である高野玄斎《げんさい》の養子となり、医学や蘭学に目覚めていったという。

長英はシーボルトが作った長崎《ながさき》の『鳴滝塾《なるたきじゅく》』で塾頭をしていたほどの天才であり、知識はずば抜け、医術に関しても有能であった。その自負からか態度は傲岸《ごうがん》であり、他人から誤解されやすいが、根はやさしく、どんな患者にも対等に接していた。

だが、シーボルト事件の連座で『鳴滝塾』の主だったものが投獄された中、長英はうまく逃げ延び、一時幻宗の施療院に身を寄せていた。

そのことから新吾は長英と親しくなったのだ。だが、長英は公儀隠密《おんみつ》の間宮林蔵《まみやりんぞう》に追われていた。

林蔵の追跡に危機を察した長英は九州に行くと言い置き、江戸最後の夜を新吾の家で過ごし、旅立って行った。

しかし、長英は九州に行く途上、松江藩の城下に立ち寄ったという。『鳴滝塾』でいっしょだった塾生が城下で開業していた。その話を聞いた藩主嘉明《よしあき》公は長英を招き、講義を受けたという。

嘉明公は毎日、長英を城に呼び、話を聞いた。海外では新しいものがどんどん発明されている。もっともっと海外に学ばねばならぬと思ったという。

「今、長英どのは麴町《こうじまち》で町医者をしながら、蘭学を教えているそうだが」

「はい。医業だけでは食べていけないので蘭学を教えることになったそうです」

新吾は長英に会ったときのことを思い出して言う。

「寺社奉行吟味調役《じしゃぶぎょうぎんみしらべ》の川路聖謨《かわじとしあきら》どのを知っておるか」

「いえ」

「川路どのは西洋の事情に詳しいお方だ。これからは西洋に学ばねばならぬと仲間と集い勉強会を開こうとしている。医学、語学だけでなく、政治、経済、国防という類までだ」

「政治ですか」

「さよう。そこで、高野長英どののとも誼《よしみ》を通じている。ふたりはまだ仲間を募ろうとしている。長英どのから誘いはないか」

「いえ」

「いずれ、そなたにも誘いがこよう」

「私は医者としての勤めがありますので」

自分はあくまでも蘭方医であり、蘭学者でもある長英とは違うと、新吾は口にした。

「長英さまはそのことをご存じですので、私への誘いはないと思います」

新吾は伊東玄朴《いとうげんぼく》のことを思いだしながらはっきりと言った。

伊東玄朴は『鳴滝塾』でシーボルトから西洋医学を学んだ。シーボルト事件に巻き込まれたひとりだ。

師の息子オランダ通詞猪俣源三郎《いのまたげんざぶろう》が幕府天文方《てんもんかた》兼書物《しょもつ》奉行である高橋景保《たかはしかげやす》から頼まれた日本地図をシーボルトに届けたのが玄朴だった。しかし、町奉行の追及にも最後まで、中味を知らなかったとしらを切り通したという。

シーボルト事件の連座を免れた玄朴は、本所番場《ほんじょばんば》町に医院を開業し、その後、下谷《したや》長者《ちょうじゃ》町に引っ越した。

貧農の家に生まれた玄朴は隣村に住む医者の下男《しもおとこ》をしながら医学の勉強をした。長崎に行っても寺男《てらおとこ》として働きながら医学を学んだ。食う物にも事欠く暮らしをしながら医家への道を突き進んだのだ。

富や栄達《えいたつ》を望まないという新吾の甘っちょろい考えを批判しただけあって、医者になろうとする思いは人一倍強かった。俺は、貧しさから逃れようと富や栄達を求めたからこそ、その思いが力となって堪えがたい苦労を乗り越えることが出来たのだと、玄朴は言った。

　玄朴は単に富と栄達を求めるだけの医者ではない。病人に対して真摯《しんし》に向き合う姿勢は高野長英も認めていた。

　だが、玄朴は長英とは生き方が違うと言い、長英に引きずられるなと新吾に諭すように言った。

「長英さまのやろうとしていることを、潤斎さまはどうお思いでしょうか」

「うむ」

　潤斎は少し考えてから、

「西洋の技術を学ぶのはよいことだ。だが、政治、経済、なにより国防ということに興味を持っていることがわしとは……」

　潤斎は言いよどんでから、

「もちろん、西洋の技術を学んだ者は幕閣から重用されることになるかもしれない。だが、蘭学を嫌う者も多いのでな」

　潤斎は慎重な物言いをし、

「いずれにしろ、そなたは長英どのとは別の道を歩むべきだ」

「潤斎さま。何か、心配なことがあるのですか」

「いや、そうではないが」

潤斎は少し迷ってから、

「じつはわしも誘われたのだ」

「長英さまにですか」

「最初は共感したが、ちと違うと気付いてな」

「そうでしたか」

新吾はふたりの微妙な関係を想像したが、

「幕府の中には蘭学に対して反発する空気があるのですか」

潤斎は幕府の奥医師桂川甫賢から何か懸念を聞かされているのではないか。漢方医と蘭方医、儒学者と蘭学者との対立が起きているのかと思い、そのことをきいた。

「表向きは蘭学も受け入れられているが……」

「そうですか」

林述斎《はやしじゅっさい》をはじめとする儒家との対立を気にした。江戸幕府に朱子学をもって仕える林家は始祖の林羅山《らざん》から続いており、今は林家の中興の祖と言われる林述斎が君臨している。

蘭学は儒学者たちにとって目障りなものなのだろうか。そう思ったとき、いつぞや、同じ番医師の麻田玉林《あさだぎょくりん》が言っていたことを思いだした。

潤斎は自分を中心とした蘭学者の流派を作ろうとしていると。しかし、このときもそのような話は出なかった。

新吾はあることを切りだそうとした。だが、思い止まった。こちらで頼みごとをしたあと、潤斎から何か持ち出されたら困ると、用心したのだ。

「では、私はこれで」

新吾は挨拶《あいさつ》をして、自分の部屋に戻った。

麻田玉林が厳しい顔で待っていた。四十過ぎの額の広い男だ。もうひとり、葉島善《はじまぜん》行《こう》という番医師がいる。三十代半ばで、顔が小さく顎《あご》が尖っている男だ。葉島善行はきょうは昼からの勤めだ。

「おはようございます」

新吾は挨拶をする。

「何の用で、近習医の部屋に行っていたのだ?」

いきなり、麻田玉林が不機嫌そうにきいた。

「潤斎さまとお話を」

「なぜ、そなたが潤斎さまに?　どんな話をしたのだ?」

「たいしたことではありません」

「たいしたことではない？　つまりわしらに教えられないということか」

「そういうわけではありません」

「なら、どんな用件だ？」

いつもこの麻田玉林はねちねち絡んでくる。葉島善行もいろいろ話しかけてくるが、玉林ほどではない。

無視することも出来ず、新吾は止むなく口にした。

「知り合いの高野長英さまのことです、高野さまが麹町で医者をしているという話をいたしました。潤斎さまは……」

「もうよい」

「はい」

「前にも言ったが、潤斎さまはなかなかの野心家という噂だ。江戸に蘭学の新しい一派を立てたいと目論《もくろ》んでいるのだ」

「そのようなお話は一切ありません」

「そうか」

玉林は不機嫌そうに言い、あとは押し黙った。

それから四半刻（三十分）後に、麻田玉林が引き上げた。昼前まで待ったが、急病人の呼び出しはなかった。

葉島善行がやって来たので、善行と代わって、新吾は松江藩の上屋敷を出て小網《こあみ》町に向かった。

米沢町にある『西国屋』に着いた。

内儀のおそのに案内されて、昨日の部屋に行った。

河太郎はやすらかな寝息を立てていた。昨日の若い女はいなかった。

「河太郎さん」

新吾が呼びかけると、河太郎は薄目を開けた。

「診察します」

額に手を当てる。熱は少し引いたようだった。

まぶたの裏などを見てから、腹部の傷を調べる。膿もきれいになくなっていた。

新吾は傷口を消毒し、薬を塗った布を患部に貼り、晒で巻いた。

「痛みはどうですか」

新吾はきいた。

「だいぶ、楽になりました」

河太郎は答える。

おそのが部屋を出て行き、誰もいなくなった。

「河太郎さん。何があったのですか」

新吾は河太郎の耳元に口を寄せ、小声できいた。

「ちょっとはしゃぎ過ぎて」

「はしゃぎ過ぎて、匕首を脇腹に？」

「……」

ふと、襖の外にひとの気配がしたので、新吾は体を起こした。

おそのが入ってきた。

「先生、いかがでしょうか」

近くに腰を下ろして、おそのがきいた。

「驚くくらい、よくなっています。強靭《きょうじん》な体だと感心しています」

新吾は感嘆して言う。

「先生のおかげです。あんなに苦しんでいたのに先生の療治でたちまちよくなっていきました」

おそのは言う。

「じつは、この傷ですが、あれからうちのひとども話し、宇津木先生にはほんとうのことをお話ししておこうということになりました」

「……」

新吾は黙って頷く。

「昨日看病していた娘を覚えておりますか。じつはあの娘が自害をすると騒いで匕首を自分の喉に当てたのです。それであわてて河太郎が止めに入って。そのとき、誤って刃先が河太郎の腹に」

新吾は河太郎を見た。

河太郎が頷いたのがわかった。

「もし、このことが世間に知られて大事になれば、奉行所が乗り出してくるかもしれない、そう思って医者を呼ばず、うちで手当てを。でも、苦しみ出して……」

おそのは頭を下げ、

「そういうわけですから、どうかこのことはご内密に」

と、訴えた。

「先生、お願いします」

河太郎も苦しそうな声で訴える。

「昨日の娘さんは?」

「私どもで一時お預かりをしていた娘です。名のほうは、どうかご勘弁を」

「わかりました」

新吾はその説明を全面的に信じたわけではないが、追及しても答えてくれそうにもなかった。それに、自分の仕事は患者を治すことだ。

「それではまた明日、様子を見にきます」

新吾は立ち上がった。『西国屋』から小舟町の家に帰り、通い患者の療治に携わり、夕方になって出かけた。

思案橋を渡り、海産物問屋の前を通った。河岸に船がつき、荷役の男たちが荷を蔵に運んでいる。

陽がくれかけてきて船がついたのは予定が遅れたのだろう。諸肌を脱いだ荷役の男は陽に焼けて肩の肉が盛り上がり、皆たくましい。ふと、河太郎を思いだした。

河太郎はひょっとして荷役をしていた男だろうか。しかし、荷役が『西国屋』の座敷で養生させてもらえるものか。

新吾はおやっと思った。岡っ引きの手下《てか》らしい男が荷役の男に声をかけている。気になりながら、新吾は永代橋《えいたい》に向かった。ひぐらしの鳴き声が聞こえてきた。夏の終わりを感じながら永代橋を渡った。

三

新吾は小名木川《おなぎ》にかかる高橋《たかばし》を渡り、常盤町《ときわ》二丁目の角を曲がった。空は暗くなっていたが、西の空はまだ赤く染まっていた。

幻宗の施療院は古い平屋だ。軒下に、施療院と書かれた札がさがっている。

土間に入ると、通い患者の履物がたくさん並んでいた。

幻宗は患者から一切薬礼をとらないのだ。相手が金持ちでもだ。貧富に関係なく、幻宗の前では患者は皆平等である。

ただで診てくれるのだから、貧しい患者が遠くからもやって来て、いつも控えの間は通い患者でいっぱいだった。

長崎の遊学から帰って、新吾は幻宗に医者としての理想を見て、さらにひととしての度量に惹かれ、弟子入りをした。

新吾は長崎で、和蘭陀《オランダ》通詞の吉雄耕牛《よしおこうぎゅう》の子息である吉雄権之助《ごんのすけ》に師事した。

幻宗は耕牛の私塾で修業を積んで来ており、師の吉雄権之助とは親しい間柄であったことから、新吾は幻宗と出会ったのである。

新吾は黙って上がり、奥に向かう。医者の助手をし、さらに患者らの面倒を見ているおしんが出てきて、

「新吾さん、いらっしゃい。先生はもう少しで上がります」

と声をかけ、療治部屋に消えた。

仕事を終えたあと、幻宗は濡縁《ぬれえん》に胡座をかき、庭を見つめながら湯呑み一杯の酒を呑んで疲れをとる。

新吾はいつも幻宗が座る場所の近くに座り、庭を見た。心地よい風が吹いてくる。庭に桜や梅の木があるのは幻宗が植えたものだ。

幻宗は以前は松江藩のお抱え医師だった。そこを辞めたあと、全国の山野を巡って薬草を収集していたらしい。

幻宗がどこかで薬草園を開いて、そこの上がりを施療院に注ぎ込んでいるから患者から薬礼をとらずにやっていけるのではないかと思ったが、果たして薬草園にそれだけの儲けがあるだろうかという疑念もあった。

ただ、新吾はあることを考えていた。

幻宗は南蛮《なんばん》に渡ってケシの種子を手に入れてどこかで栽培しているのではないかと。

幻宗は紀伊《きい》の医者華岡青洲《はなおかせいしゅう》が作った『通仙散《つうせんさん》』という麻酔剤の製法の教えを請いに紀州《きしゅう》まで行っている。幻宗は南蛮にも行って薬草を求めてきたのか。その中にケシの実もあった。

「来ていたのか」

野太い声がして、新吾ははっと我に返った。

「先生、すみません。勝手に待たせていただきました」

「構わん」

いつものように、幻宗は胡座をかいた。

おしんが湯呑みに酒を注いで持ってきた。幻宗はそれをうまそうに呑んだ。

「何かあったのか」

「ええ。ちょっと、どうしたものかと迷っていることがあるのです」

「なんだ？」

「はい、じつは米沢町にある『西国屋』さんから大旦那が具合が悪いということで往診を頼まれました。ところが、実際は匕首で刺された男のことで……」

新吾は河太郎のことを話した。

「娘が自害をすると騒いで匕首を自分の喉に当てた。あわてて河太郎が止めに入った。そのとき、誤って刃先が河太郎の腹に突き刺さったと説明されました。奉行所に知れたら、娘が罪に問われるかもしれないから……」

幻宗は黙って聞いている。

「ところが四日前に、新大橋の袂で男が匕首で刺されて殺されていたそうです。その男が握っていた匕首の刃先に血がついていたとのこと。そして、腹を押さえながら薬研堀のほうに走って行く男を辻番所の番人が見ていたのです」

「……」

「どうも、私が療治した男は辻番所の番人が見た男のような気がします。でも、『西国屋』の旦那や内儀さんから口止めされています」

新吾は息継ぎをし、

「医者の務めは患者を治すことであれば、患者にどんな事情があろうが、療治だけに専念すればよいのでしょうが」

「医者の本分は患者を治すことだ」

「でも、下手人を匿っていることに加担をしているかもしれないと……」

新吾は懸念を口にし、さらに続けた。

「河太郎という男のことを調べれば、『西国屋』の秘密を探ることにもなりかねません。このまま口をつぐんでおくべきか」

「医者の本分は患者を治すことだ」

　幻宗はもう一度、同じことを口にし、

「まず、患者を治すことが肝要だ。よけいなことは考えずともよい。河太郎という男が何者か、何があったのか、そのようなことは考えなくともよい。まず、療治だ。もろもろのことは、そのあとで考えればよい」

「わかりました」

　幻宗の明確な言葉が胸に響いた。

「おかげで、すっきりしました」

　まず河太郎を完治させることが自分の役割、いや医者の本分だと新吾は改めて自分に言い聞かせた。

「先生。では、私はこれで」

「もう帰るのか」

「はい。また、改めて参ります」

「うむ」

幻宗は湯呑みを摑み、うまそうに酒を喉に流し込んだ。

おしんたちにも挨拶をし、新吾は施療院をあとにした。

来た道を戻る。新吾は富と栄達とは無縁なところで生きている幻宗を羨望の眼差しで見ている。その正反対にいるのが伊東玄朴だ。

食う物にも事欠く暮らしをしながら、堪えがたい苦労を乗り越えて医家の道を突き進むことが出来たのは富や栄達を求めたからだと、玄朴は堂々と口にする。

自分はどちらなのだと自問する。幻宗のような生き方も玄朴のような生き方も出来ない。ふと、高野長英の顔が浮かんだ。長英もまた別の道を歩んでいる。

自分は自分なのだと思いながら、月明かりの夜道を急いだ。


家に帰ると、妻女《さいじょ》の香保《かほ》が迎えた。

「お帰りなさい」

自分の部屋で着替えて、義父順庵の部屋に挨拶に行くと、順庵は酒を呑んで、すっかりいい気持ちになっていた。

「ただいま、帰りました」

「おお、新吾、思いの外早かったではないか。たまには一杯どうだ?」

「その前に夕餉《ゆうげ》をいただきます」

そう言い、台所近くの部屋に行った。台所に義母がいたので、

「義父上《ちちうえ》、ご機嫌ですね」

と、声をかけた。

「往診先の大店の旦那から、たんまり薬礼をいただいたそうよ。単純なひとだから」

「そうですか」

新吾は苦笑した。

「これも新吾のおかげだと喜んでいるわ」

新吾は七十俵五人扶持《ぶち》の御徒衆《おかち》田川源之進《たがわげんのしん》の三男であった。いわゆる部屋住《へやずみ》で、家督は長兄が継ぎ、次兄は他の直参に養子に行った。

新吾は宇津木順庵に乞われて養子になると、順庵は新吾を長崎に遊学させてくれた。だが、実際の遊学の掛かりは香保の父、当時は幕府の表御番医《おもてごばん》であった上島漠泉《うえしまばくせん》が出してくれたのだ。

だが、その漠泉はシーボルト事件に巻き込まれ表御番医の座を剝奪され、今は三ノ輪《みわ》で町医として細々《ほそぼそ》と暮らしている。

香保の給仕で夕餉を終えたあと、

「岳父《がくふ》どのはもう一度表舞台に登場する気はあるだろうか」

と、新吾は香保にきいた。

「さあ、父は町医者としての生き方が気楽でいいと思っているようですから」

香保は小首を傾げた。

「ほんとうにそうだろうか。もし、その気があるなら、なんとか返り咲いてもらいたいのだ」

新吾は声に力を込めた。

「ありがとうございます。でも、あの当時、父も私も浮かれていたと思います。女の身でありながら、私も芸者を贔屓《ひいき》にして」

「いや、そなたは芯の通った女だった」

漠泉は表御番医師として木挽《こびき》町に大きな屋敷を構えていた。香保はその屋敷で何不自由なく暮らしていたのだ。

あの頃、漠泉は木挽町の『梅川《うめかわ》』という料理屋で芸者を呼んで酒宴を開いていた。その酒席にも香保はいた。

軽佻《けいちょう》浮薄《ふはく》な女という印象は香保を知るに連れて消えていった。香保が芸者を贔屓にしていたのは、自分の遊びのためでなく、若い芸者吉弥《きちや》を援助してやっていたことだとわかった。

「私はもう一度、漢泉さまに復帰してもらいたいと思っているのだ。そうだ、近々、三ノ輪まで行ってみないか」

新吾は誘った。

「はい」

香保は微笑んで頷いた。

「おっといけない。義父上がお待ちだ」

腰を上げて、順庵の部屋に行くと、順庵は横になって寝息を立てていた。

「ちょっと呑みすぎたようね」

義母が苦笑した。

「このままお休みになっていただきましょう」

新吾は順庵の寝顔を見て言う。義母が羽織をかけた。

翌日の昼過ぎ、新吾は上屋敷の帰りに米沢町にある『西国屋』に寄った。

「新吾さま、何か変です。津久井さまが」

勘平が『西国屋』を指さした。津久井半兵衛と岡っ引きの升吉が店から出てきた。

「河太郎のことがばれたか」

新吾は驚いて、『西国屋』に向かった。

「津久井さま」

新吾は声をかけた。

「これは宇津木先生」

「何かあったのですか」

新吾は動悸が激しくなった。

「いや」

半兵衛は顔をしかめた。

「夜鳴きそば屋の客が腹を怪我した男が『西国屋』の裏に消えたのを見ていたのです。それで、念のために」

「……」

「違った」

「違った？　いなかったのですね」

「いちおう家の中を調べたが、いた痕跡はなかった。奉公人たちもみな知らないということでした」

「部屋も調べたのですか」

「奥の部屋もな。匿っている形跡はなかった」

半兵衛は吐息《といき》を漏らした。

「殺された男の身許はわかったのですか」

「それがわからないのです。行方不明の届けもありません。もしかしたら、江戸の者ではないのかもしれません。では」

半兵衛は会釈をし、升吉といっしょに去って行った。

新吾はすぐに『西国屋』の家人用の戸口に向かった。

土間に立つと、おそのが出てきた。

「宇津木先生」

「内儀さん。今、同心の津久井さまと会いました。河太郎さんは？」

「まあ、お上がりください」

おそのは促した。

河太郎が寝ていた奥の部屋を半兵衛は見なかったということなのか。そう思いながら、おそののあとについて河太郎が寝ている部屋に行った。

「これは……」

新吾は唖然《あぜん》とした。

部屋はきれいに片づいていた。怪我人が寝ていた痕跡はまったくない。

「どういうことなんですか」

新吾はおそのを問いつめた。

「動かすことは危険です。河太郎さんはどこに？」

「どうぞ、こちらに」

新吾の問いには答えず、おそのは先に部屋を出た。

客間に通されて、新吾は香右衛門と向かいあった。

「河太郎さんは昨夜、どうしても帰りたいと仰って、ここを出て行きました」

「無茶です」

「私もそう申したのですが、どうしてもということで」

町方に目をつけられたと察知して逃がしたのか。

「で、どこに？」

「わかりません」

「わからない？」

新吾は厳しい顔で、

「へたに動かしたらまた傷口が開いてしまいます」

「どうしてもというので」

香右衛門は言う。

「そばについていた娘さんは？」

「妹さんです」

「妹？」

「はい。およ、およう［およう］さんと仰いました」


「おようさんが自害すると騒いだために河太郎さんが怪我をしたのです。おようさんは河太郎さんのことが心配ではなかったのですか」

「宇津木先生、どうかご勘弁ください。おようさんから何も言わないように頼まれているのです」

「私は河太郎さんの容体を気にしているのです。私が診る前まで、おようさんがいるにも拘らず、医者を呼ばなかった。私はおようさんに何があったのか詮索する気はありません。ただ、自分が診た患者の療治を中途半端にしたくないのです」

「……」

「西国屋さん。私は医者として患者の命を助けたいだけなのです。もちろん、他の医者に診せるというならそれも構いません。ただ、それでも本当に医者にかかったのか、確かめたいのです」

新吾は医者としての良心のもとに訴えた。

「わかりました。おようさんに宇津木先生のお気持ちをお伝えしておきます」

香右衛門は新吾をなだめるように言った。

「お願いします」

新吾は頭を下げて腰を上げた。

外に出てから、新吾は薬研堀のほうに足を向けた。

「新吾さま。どちらへ？」

「遠回りをして帰ろう」

「はい」

勘平は黙ってついてきた。

元柳橋《もとやなぎばし》を渡り、大川《おおかわ》沿いを新大橋のほうに行く。

陽射しは強いが、川風が心地よい。新大橋の袂にやって来た。この辺りで、殺しがあった。河太郎が相手の男を刺し、自分も負傷しながら米沢町の『西国屋』に辿《たど》り着いたのだ。河太郎はどちらからやって来たのか。

浜町堀のほうからか、新大橋を渡ってきたのか。

ふと、前方に饅頭笠《まんじゆうがさ》に裁《た》っ着《つ》け袴《ばかま》の武士がいるのに気がついた。公儀隠密の間宮林蔵だ。こんなところで何をしているのか。

四

新吾は林蔵のもとに近寄った。

「間宮さま」

新吾は声をかけた。

林蔵が振り返った。

「そなたは……」

「お久しぶりです」

「江戸を離れていたのでな」

「どちらに？」

「西だ」

「西というと、京、大坂《おおさか》ですか」

新吾は探るようにきいた。

林蔵は以前から松江藩のことを探索していた。

「まさか、松江では？」

「どうして、そう思うのだ？」

「以前から、間宮さまは松江藩のことを探っているようでしたので」

「……」

林蔵は答えず、

「そなたは、なぜここに？　家に帰るなら遠回りになるが？　それとも深川《ふかがわ》に行くのか。幻宗のところに」

「いえ、間宮さまこそ、こんなところで何を？」

「なんでもない」

「ひょっとして……」

新吾は言いさした。

「なんだ？」

「先日、この辺りで男が殺され、下手人は負傷しながら逃げたそうです」

「……」

林蔵からすぐに返事がなかった。

「では、失礼します」

新吾は会釈をし、林蔵と別れた。

林蔵は殺しに何か関わりがあるのか。もしかしたら、殺された男を知っているのか。下手人と思える河太郎のことで何かわかるかもしれない。

そうだとしたら、河太郎の行方を知る手掛かりをききたいと思った。

新吾は引き返した。

「間宮さま」

新吾は林蔵の前に立ってきいた。

「殺された男のことをご存じではないのですか」

「どうして、わしが知っていると思うのだ？　殺しのあった場所にいたからか」

「そうです。何かを調べるためにここに来たのではないかと思ったのです」

「それより、そなたはなぜその殺しを気にする？」

林蔵は反対に問いつめてきた。

「南町の津久井さまから殺しがあったことを聞き、下手人が怪我をしているので、それらしき男を手当てしてないかと訊ねられたのです」

「どうなのだ？」

「もちろん、否定しました」

「ほんとうか」

林蔵は疑り深い目をした。

「はい」

新吾は答えたあとで、

「間宮さまは殺された者が誰だか知っているのではありませんか」

「知らぬ」

林蔵はあっさり言い、

「同心もまだわからないのか」

と、きいた。

「そのようです。行方不明の届けもないようです。ひょっとして江戸の者ではないのかもしれません」

「そうだ、江戸の者ではない」

「やはり、ご存じなのですね」

「いや、想像だ」

「江戸ではないとするとどこの者でしょうか。想像でかまいません。お聞かせください」

新吾は頼んだ。

「なぜ、それほど知りたいのだ？」

林蔵は訝《いぶか》ってきく。

「単なる興味です」

「それだけで、なぜそんな真剣になる？　何か気にかかるものがあるのではないか。ひょっとして、そなた、下手人の手当てをしたのではないのか」

「……」

「図星《ずぼし》らしいな」

林蔵は冷笑を浮かべ、

「下手人はどこにいる？」

と、きいた。

「わかりません」

「ほんとうか」

「はい」

林蔵は厳しい顔でじっと新吾を見つめていたが、ふとため息を漏らし、

「殺された男はそなたの言うように江戸の者ではない」

「やはり、知っていたのですか」

「想像だ」

「何者ですか」

林蔵は大川のほうに場所を移動した。新吾もついて行く。

川っぷちに立って、林蔵は川を見つめながら口を開いた。

「今年の一月、北前船が強風の吹きすさぶ海で座礁した。船は破損したものの沈没は免れた。だが、荷物の一部が海に投げ出された」

唐突な話に、新吾は驚いたが、黙って話の続きを待った。

「海に落ちた荷物は木箱に収まっており沈まないようになっている。回収するための船を出した。漂流している荷をひとつ回収したが、ある大事な荷は見つからなかった。その後、海岸を捜索していた者が海岸に打ち上げられた荷を見つけ、すぐ船主に届けた。だが」

林蔵は言葉を止めた。

「その木箱に、肝心な物がなかった。誰かが持ち去ったのだ。おそらく、殺されたの

はその男だ」

「それはどういうことですか。肝心な物とはなんですか」

「高価な物だ」

「品物はなんですか」

「……」

林蔵は首を横に振った。

「北前船が座礁したのは日本海のどこですか」

「どこでもいい」

「荷物が流れ着いた海岸はどこなのですか」

林蔵は口を真一文字に閉じたままだ。

「教えてはいただけないのですね」

「知らぬほうがいい」

「えっ、どういうことですか」

「言葉のとおりだ。今度はそなたの番だ」

「何がですか」

「こちらも知らせたのだ。そなたも正直に言うのだ。そなたは下手人に心当たりがあると見た」

林蔵は鋭く言う。

「間宮さまの話は隠していることが多すぎます」

「何が知りたい？」

「まず、品物です。高価な物とはなんですか」

林蔵は迷っていたようだが、意を決したように口を開いた。

「高麗人参《こうらいにんじん》だ」

「高麗人参ですって。海に落ちた荷物というのは高麗人参だったのですか」

「わしはそう睨んでいる」

「殺された男は高麗人参を江戸まで運んできたのですか」

「そうだ。おそらく、曰《いわ》く付きのものでも高く買ってくれる店が江戸にあるのだろう」

「下手人はその男を追ってきたというわけですか」

新吾は矢継ぎ早にきく。

「これも想像だが、盗品を買ってくれる店を張っていたのだろう。そこに殺された男がやって来たというわけだ」

「下手人は高麗人参を取り返そうとしたのではないのですか。売りさばいたあとだったら、取り返しに失敗したことになりますね」

「制裁だろう」

　林蔵は冷めた声で言い、

「さあ、教えてもらおう」

　と、迫った。

「確かに、あるところに往診に呼ばれました。そこに、刃物で傷を受けた三十前の男がおりました。医者に診せなかったのか、傷口が膿んでいました」

　新吾はその男の療治を二度したあと、姿を消したと話した。

「姿を消した？」

「私には自分から出て行ったように話していましたが、奉行所に目をつけられて急きょ、男を別の場所に移したのでしょう。私にも行き先は教えてくれませんでした」

「偽りではないだろうな？」

「事実です。ただ、療治を続けなければならないと諭しました。妹にそのことを強く伝えてもらうようにしましたが、私に呼び出しがあるかどうかわかりません」

「往診先はどこだ？」

「ご容赦ください」

「まあ、いい。想像はつく」

「想像が？」

「『西国屋』ではないか」

「どうしてそう思ったのですか」

新吾は驚いてきいた。

「もし、男の居場所がわかったら教えてもらいたい」

林蔵は新吾の問いかけを無視した。

「間宮さまは何のためにその男を捜しているのですか」

「また、会おう」

林蔵は去って行った。

新吾は見送りながら、林蔵が往診先を『西国屋』だと気付いたわけを考えた。

津久井半兵衛は傷を負った男が『西国屋』の裏に向かうのを見ていたという知らせを受けて『西国屋』に乗り込んだのだ。

林蔵はそうではない。別の理由だ。

河太郎という男は高麗人参を盗んだ男を追って江戸にきたようだ。河太郎は『西国屋』に関わりがあったのだろう。

あっと思った。河太郎は『西国屋』の本店から遣わされてきたのではないか。盗まれた高麗人参を取り返すためか。

新吾は小舟町の家に帰るまで、河太郎のことを考えていた。


その夜、新吾は夕餉のあと、順庵の部屋に行き、

「義父上、ちょっとお伺いしたいのですが」

と、声をかけた。

「なんだ?」

順庵は徳利を持って顔を向けた。

「米沢町に乾物問屋の『西国屋』がありますね」

「うむ。そなたが往診したな」

「はい。『西国屋』の本店がどこかご存じですか」

「なんだ、知らないのか」

順庵は不思議そうな顔をした。

「どういうことですか」

「知っていて往診したのかと思った」

林蔵の態度や順庵の口振りから、新吾ははっとなった。

「ひょっとして、松江？」

「そうだ。松江に『西国屋』の本店があるそうだ。あの近くの商家に往診に行ったとき、新吾の話になってな。松江藩のお抱え医師だと言ったら、そこの旦那が『西国屋』のことをそう言っていたのだ」

順庵は怪訝《けげん》そうな顔をして、

「『西国屋』がどうかしたのか」

と、きいた。

「いえ」

『西国屋』の香右衛門は松江藩のお抱え医師だから新吾に往診を頼んだのだ。万が一のときは、そのことを口にして新吾の口を封じることが出来ると思ったか。

しかし、香右衛門やおそのはそれらしいことを言おうとしなかった。

「さあ、新吾。たまには呑もう」

順庵が徳利を差し出した。

「はい」

新吾が湯呑みを摑んだとき、香保が襖を開けた。

「河太郎さんの使いのお方がお見えです」

「河太郎？」

新吾は湯呑みを置き、順庵に会釈をして立ち上がった。

土間に女と男が立っていた。女を見て、新吾はおやっと思った。河太郎のそばに付き添っていた女だ。

「あなたは？」

「河太郎の妹のおようです。また、兄が苦しんでいます。どうか、すぐ来ていただけませんか」

「伺いましょう。今、支度《したく》してきます」

「あの」

おようは言いにくそうに、

「駕籠を用意してきました。駕籠の中で目隠しをしていただけますでしょうか」

「目隠し？」

「はい。申し訳ありませんが」

「場所を知られたくないのですか」

新吾は思わず顔をしかめた。

「どうぞ、お願いいたします」

おようが頭を下げた。

「わかりました。ともかく患者の傷が気になります。薬籠持ちは連れていけませんね」

「はい、おひとりで」

新吾は白い筒袖に着替え、必要な薬を持って家の外で待っている駕籠のそばに行った。駕籠かきは背中を見せていた。新吾に顔を見られないようにだろう。提灯《ちょうちん》の屋号も隠していた。

付き添いの男が黒い布を取り出し、

「失礼します」

と、新吾に目隠しをした。

新吾は何も見えない。手さぐりで、駕籠に乗り込んだ。垂れがおり、駕籠が出立した。

新吾は耳を澄ました。駕籠は北に向かったが、すぐに右に折れ、しばらくして左に折れた。新吾は頭の中で地形を描いた。

新吾の感覚を狂わせるように駕籠は何度も曲がった。

ふと、水の音が聞こえた。船が通ったのか。川を渡っているのだ。方角からして日本橋川ではない。浜町堀か。

それから同じように角を何度も曲がったが、元の道に戻っているようだ。

やがて、駕籠が停まった。

垂れが開き、およう の声がした。

「お手を」

おように手にとられ、新吾は下り立った。

そのまま手を引かれ、新吾はしばらく歩いた。三度曲がった。そして、戸の開く音がした。

「門をくぐります」

おようが言い、新吾は手をとられたまま戸をくぐった。

入ったところで新吾は目隠しを外された。

「ご不自由な思いをさせて申し訳ございませんでした。どうぞ、こちらです」

新吾は辺りを見まわした。こぢんまりした庭だ。きれいに手入れがされている。池のそばを通り、母家でなく、離れに向かった。

振り返ると、塀の外に火の見櫓が見えた。あとで場所を探す手掛かりになりそうだった。が、今は患者のことが大事だ。余計なことを考えている場合ではないと、新吾は離れの部屋に行った。

何もない殺風景な部屋の真ん中で、河太郎が横になっていた。

新吾は枕元に座り、

「痛みますか」

と、きいた。

「ええ、ずきんずきんと」

また熱が出ていた。

「失礼します」

新吾は傷口を見た。化膿していた。

消毒をし、軟膏を塗った布をあてがう。

「いいですか。傷口が塞がるまで二度と動いてはいけません。よろしいですね」

河太郎に言ったあと、おように顔を向け、

「しばらく安静にさせてください」

と、強く言った。

「わかりました。『西国屋』さんに迷惑がかかってはいけないと思い、無理にここに移しましたが、もう動かすことはありません」

おようははっきりと言った。

「お願いいたします」

「先生。また、明日の夜、いらっしゃっていただけますか」

「もちろんです」

新吾は応じてから、

「それより、なぜ、場所を隠すのですか。いちいち、遠回りをしたりしてここに来るのは意味ありません。決して、私は口外しませんから……」

「申し訳ありません。いろいろ事情がありまして」

おようはまた同じことを言う。

新吾はため息をつき、

「そうですか」

と、落胆した。

「わかりました。では」

新吾は腰を上げた。

「薬礼のほうは?」

「十分にいただいています」

新吾は言う。

外に出た。月影はさやかだ。

裏口の前で、新吾は再び目隠しをされ、駕籠で小舟町の家に帰った。

五

家に帰ると、香保が強張《こわば》った顔で出迎えた。

「お帰りなさい」

「どうした、そんな顔をして」

新吾は訝ってきいた。

「駕籠に乗るときに目隠しをされていたのを見て、心配になって。それで、勘平さんにあとをつけてもらったのです」

「えっ、勘平に?」

「ええ。でも、まだ戻ってこないのです」

香保は不安そうに言う。

「まさか、気づかれたのでは……」

新吾は胸が騒いだ。

「ちょっと見てくる」

当てはないが、おぼろげな道順は想像がついた。駕籠は浜町堀を越えたのだ。

新吾が外に出たとき、勘平が戻ってきた。

「どうした？」

新吾はきいた。

「はい。ちょっと」

「ともかく、中に」

「はい。あの、お水を」

勘平は台所に行き、水を飲んで戻ってきた。

「駕籠のあとをつけたそうだな」

新吾はきいた。

「でも、途中で見つかってしまいました」

「見つかった？」

「はい。途中でふたりの男が立ちふさがって」

「どんな男だ？」

「遊び人ふうの男です。どうやら、駕籠のあとをつけてくる者がいないかを見張っていたようで」

勘平は小さくなって話した。

「引き返す振りをして、今度はそのふたりのあとをつけました。でも、薬研堀埋立地で動きを止めたんです」

「薬研堀埋立地？」

「そこの木陰に駕籠が見えました」

「そうか。では、私はそこで下ろされたのだ」

新吾ははっとした。米沢町が隣だ。すると、連れて行かれたのは『西国屋』の近くかもしれない。

「勘平さん。たいへんな思いをさせてしまいましたね。私がよけいなことを言ったばかりに」

香保がいたわった。

「いえ、とんでもない」

「勘平、よくやってくれた」

新吾は讃えた。

「へえ」

「疲れたろう、早く、休むがいい」

「はい」

勘平は自分の部屋に向かった。

順庵はとうにふとんに入ったようだった。新吾も自分の部屋に戻った。

翌朝、新吾は朝早く家を出て、松江藩の上屋敷に行った。

いったん番医師の詰所に入ってから、すぐに家老の宇部治兵衛の屋敷を訪れた。

「もう大事ない」

治兵衛は言った。

「はい。そう思いましたが、念のために」

新吾は答えてから、触診、視診、脈診と一応の診察をした。

「もう、これでだいじょうぶでございます」

新吾は下がってから言った。

「うむ。ごくろうだ」

「では、失礼いたします」

「待て」

治兵衛が呼び止めた。

「殿の講義は？」

「いえ、今回はまだお呼びがございません」

藩主の嘉明《よしあき》公は五月に国表から江戸にやって来た。番医師になった挨拶に上がっただけで、その後は呼び出しがない。

「そうか」

治兵衛の表情が翳《かげ》った。

「ご家老さま、殿さまに何か」

「いや、近習医の花村潤斎も蘭方医だ。潤斎を差し置いて、そなたから講義を受けることにためらいがあるのだろう」

「私などより、潤斎さまのほうが知識は豊富でございます。潤斎さまにお話を聞いたほうがよいと思います」

「うむ」

治兵衛は渋い顔で頷く。

新吾は再び挨拶して腰を上げようとして、

「お伺いしてもよろしいでしょうか」

と、口を開いた。

「なにか」

「米沢町に乾物問屋の『西国屋』があります。この『西国屋』は松江に本店があると聞きましたが？」

「なぜ、『西国屋』のことを？」

「先日、ご隠居の往診をしました。松江藩のお抱え医師なのに、松江藩に縁のある商家ということを知りませんでしたので」

「そうか」

治兵衛は呟《つぶや》くように言い、

「『西国屋』は乾物問屋と海運業を営んでいる豪商だ」

「海運業……」

新吾ははっとした。

間宮林蔵が言っていた座礁した北前船とは『西国屋』の船ではないのか。

「どうした、何かあるのか」

「いえ、なんでもありません。では、失礼いたします」

新吾は家老屋敷を出て、母家の詰所に戻った。

今日は葉島善行が朝に来ていた。三十代半ばで、顔が小さく顎が尖っている。

「ご家老のところか」

「はい。もう、全快されました」

「ご家老のご機嫌はどうだ？」

「ご機嫌ですか。普段と変わりありませんが」

「そうか」

葉島善行は小首を傾げた。

「何か」

「じつは用人どのに薬を頼まれたのだ。近頃、眠れないそうだ。何か思い悩むことがあるのだろう。それに、少しいらだっているようであった」

「用人さまを煩わせるものがあるのですか」

「そなた、近習の高見左近《たかみさこん》さまと親しかろう？」

「親しいというわけではありませんが……。高見さまが何か」

「数日前、用人どのが高見さまに厳しい顔で何かを告げていたのを見た。廊下での立ち話だったが、高見さまの顔色も変わった」

葉島善行は声を潜めて続けた。

「何か変わったことがあったのではないか」

「変わったこと？」

「いや、まだわからん。ご家老の宇部さまに変わった様子がなければ、お屋敷の問題ではないのだろう」

「葉島さまは何かご懸念でも？」

「そういうわけではないが、いつも泰然としている用人どのがいらだっているのが気になっただけだ」

そう言い、葉島善行は立ち上がった。

「厠《かわや》だ」

善行は土間に下りた。

新吾は善行の言葉を考えた。善行がわざわざ新吾に話したのは用人の様子によほどのことがあったからだろう。

間宮林蔵の話が蘇る。

今年の春、北前船が強風下の海で座礁した。その際、荷物の一部が海に投げ出された。それが、高麗人参だった。

海岸に打ち上げられた荷物から高麗人参を奪い、江戸に持っていったと思われる男が殺された。下手人の河太郎は『西国屋』に逃げ込んだ。

その河太郎を間宮林蔵が追っている。間宮林蔵は以前から松江藩上屋敷を調べていた。相続問題で揺れた御家騒動に関心を持っていたのかと思っていたが、いまだに林蔵は動いている。

まさか……。新吾はあることを考え、あわてた。そんなことがあろうはずはないと思いつつ、新吾の疑いは増すばかりだった。


午後から小舟町の家で、通い患者の診療をした。ただのような金しかとらないので、病気とは言えないような患者も多い。が、中には症状が重くなってくる者がいる。そういう患者を新吾は診た。

この日も最後の患者が引き上げたのは六つ半（午後七時）近かった。

新吾は急いで夕餉をとり終え、支度を済ませて迎えの駕籠を待った。

順庵は酒を呑みはじめた。

「また、目隠しされて駕籠で運ばれるのか」

順庵が眉根を寄せて言う。

「ええ」

「そんな怪しい男の療治などやってよいことはない。やめてしまえ」

順庵は突き放すように言う。

「一度でも診れば私の患者です。療治が済むまで私に責任があります」

新吾は応じる。

おようがやって来たのはそれから四半刻後だった。

薬籠を持って土間を下りかけた新吾はおようの態度がおかしいのに気付いた。どこか、もじもじしているのだ。

「どうかしたのですか」

新吾はきいた。

「じつは兄の河太郎は別のお医者さまに診ていただくことになりました」

「えっ、今なんと？」

耳を疑い、新吾はきき返した。

「申し訳ございません。別のお医者さまが兄の手当てをしてくださることになりました。そういうわけですので、宇津木先生にはこれまでお世話になりましたが、これを以《もっ》て……」

およう は頭を下げた。

「新しい医者はどなたですか」

「あるお方が世話をしてくださったのです。とても腕のいいお医者さまだそうです」

「そうですか。医者を替えるということであれば仕方ありません。ただ、新しいお医者さまにいちおう経緯《いきさつ》をお話ししておいたほうがいいのではないかと思います。どこのお医者さまですか」

「いえ。その必要はないということです。これはこれまでの謝礼です」

およう は懐紙に包んだものを上がり口に置いた。

「失礼します」

およう は踵を返した。

「お待ちください」

新吾は呼び止めた。

「河太郎さんは松江の『西国屋』に関わりのあるお方ではないのですか」

およう は振り返った。

「違います」

「あなたは、ほんとうに河太郎さんの妹さんなのですか」

「失礼します」

およう は戸を開けて出て行った。

新吾は唖然とした。

「どうなっているんだ?」

順庵が背後から声をかけた。

「わかりません」

いや、新吾を警戒しているのかもしれない。

ほんとうに新しい医者が手当てをするならいいが、また放置されたら……。

それにしても、なぜ、急に新吾を拒絶したのか。勘平がつけていたことを悟られたのか。まさか、間宮林蔵が……。

新吾は、高麗人参のことから想像を膨らませた。『西国屋』の本店は乾物問屋と海運業も営んでいるらしい。『西国屋』は抜け荷をしているのではないか。抜け荷で手に入れた高麗人参が北前船が座礁して海に落ち、漂流の末にある海岸に打ち上げられた。

それを拾った男はわざわざ江戸に持ってきた。なぜ、大坂で売りさばかなかったのか。『西国屋』は高麗人参を大坂の薬種問屋に卸していたのではないか。男はそのことを知っていたから大坂で捌けば足がつくと思い、わざわざ江戸に向かった。

いや、大坂の薬種問屋に持ち込んだが、すでに『西国屋』の本店から知らせがまわっていた。男は高麗人参を売ることが出来ずに江戸に向かった。だから、『西国屋』は男のことを知ったのだ。

そして、追手を差し向けた。もしかしたら、海岸に打ち上げられた荷の中に、抜け荷を疑わせるような何かが入っていたのかもしれない。

追手はおそらく河太郎だけではない。何人かが江戸に向かい、手分けをして捜し、河太郎だけが男を見つけた。

男は高麗人参を持っていなかった。すでに売りさばいたあとだったのか。だが、河太郎の狙いは高麗人参を取り戻すことではない。男の口封じだ。

万が一、男が捕まったら、抜け荷のことが明るみに出る。そうでなくとも、男は今後、『西国屋』を強請《ゆすり》にかかるかもしれない。

「おや、こんなに」

順庵が叫んだ。

おようが置いていった包みだ。

新吾は順庵を見た。

「十両だ」

順庵は十両を見せた。

口止め料だと、新吾は思った。

第二章　消えた患者

一

翌日の昼過ぎ、松江藩上屋敷からの帰り、新吾は薬研堀埋立地にやって来た。

勘平が言う。

「この辺りに、空駕籠が停まっていました」

新吾はそこに立ち、目を閉じた。駕籠から下りて、新吾はおように手を引かれてまっすぐ歩いたのだ。

目を開けると、前方に米沢町の家並みが見える。連れ込まれた屋敷の場所に大きな手掛かりがあった。

裏口から庭に入って振り返ると、少し離れたところの土蔵の横に火の見櫓が見えた。

おそらく、自身番《じしんばん》の上に建っているあの火の見櫓であろうと見当をつけた。

土蔵と火の見櫓。それを手掛かりに、屋敷を探した。まず、自身番に行き、火の見櫓を見上げた。

暗い中ではっきり見えなかったが、この火の見櫓に間違いないと思った。

それから、櫓を目に入れながら裏道に入った。商家の土蔵があると、その脇に火の見櫓が見える場所を探した。

裏道を歩いていると、黒板塀の商家の裏手に出た。木の枝の向こうに二階家が見えた。

新吾はその塀際に近付き、振り向く。どこかの商家の土蔵と火の見櫓が見えた。が、少し遠い。

裏口から入って離れまで少し歩いてから振り返ったのだ。もっと近くに見えなければならない。

その場から離れたとき、少し先の角からひと影が現われた。新吾はあっと思った。饅頭笠で裁っ着け袴の侍が近づいてきた。

「間宮さま」

新吾は呟いた。間宮林蔵だ。

「ここで何をしている？」

「捜し物です」

「何を捜している？」

林蔵の目が鈍く光った。

「たいしたものではありません。それより、間宮さまこそ、ここで何を？」

「俺も捜し物だ」

「……」

「怪我人は見つかったか」

「いえ」

「一昨日《おととい》の夜、駕籠で迎えが来たな」

新吾は内心の動揺を隠し、

「見ていたのですか」

と、きいた。

「わしの手下だ。必ず往診に行くと睨んで見張らせていた」

「……」

「向こうに行こう」

林蔵は歩きだした。新吾はついて行く。

薬研堀埋立地にやって来てから、

「勘平という男が駕籠のあとをつけたが、途中で見つかり追い返された」

林蔵は口を開いた。

「そこまでご存じでしたか」

新吾はため息をついた。

「勘平がつけていなければ、わしの手下はうまく隠れ家を見つけられたはずだ。まあ、今さら言っても詮《せん》ないが」

林蔵は口元を歪め、

「そなたと同じ、薬研堀埋立地までしか尾行出来なかった。昨夜も尾行を試みようとしたが、往診の依頼ではなかったようだな」

「はい。別の医者に診せることになったそうです。でも、その医者のことは教えてくれません」

「往診先の手掛かりは」

「庭から土蔵と火の見櫓が見えました。それを頼りに捜しているところです」

「そうか」

「間宮さま、教えていただけませんか。なぜ、間宮さまはこの件を追っているのですか。単なる朝鮮半島の良質の高麗人参だとしても、その横取りだけなら間宮さまが乗り出すわけはありません」

「……」

「『西国屋』は松江に本店があるそうですね。座礁した北前船は『西国屋』のものではありませんか」

新吾は迫った。

「よけいなことは考えないほうがいい」

「私は自分の患者を気にしているのです。なぜ、隠すのですか」

「そなたには関係ないことだ」

「抜け荷の疑いではありませんか」

「……」

林蔵は口を閉ざしている。

「否定しないのはそうだからですね。抜け荷に松江藩が絡んでいるとみているのですね。前々から、間宮さまは松江藩を調べているようでした。御家騒動を監視しているのかと思っていましたが、ほんとうは抜け荷の調べを……」

「それは誤解だ」

林蔵は首を横に振った。

「抜け荷を調べるなら松江のほうを調べなければならない。上屋敷を探っても抜け荷の証《あかし》が見つかるはずはない」

「そうでしょうか」

新吾は疑問を口にした。

「国表で得た儲けが上屋敷に送られてきていたのでは？　お金の動きを調べることで、抜け荷の証になるかもしれません。だから、間宮さまは上屋敷に間者《かんじゃ》を送りこんでいるのではありませんか」

「そんなことはない」

「いえ、間宮さまは上屋敷の内情をよくご存じでした」

「……」

「教えてください。『西国屋』と松江藩とは繫がっているのですか」

「考えすぎだ」

「では、なぜ、下手人の男を捜しているのですか。見つけたら、どうするつもりですか」

「事実を確かめたいだけだ」

「抜け荷のですか」

「……」

「あの男は『西国屋』から送り込まれた刺客ではないのですか」

「奉行所はどうみているのだ？」

「その後、進展があったのかわかりません」

「どうするのだ？　高麗人参のことを知らせるか」

「いえ」

「なぜだ？」

「間宮さまから聞いたとは言えませんから」

「では、誰にも言わないでおくか」

「いえ、幻宗先生にはお話しします」

「幻宗なら……」

林蔵は言いさした。

「幻宗なら、なんですか」

新吾は気になってきいた。

「幻宗にきくといい」

またも、林蔵は思わせぶりなことを言った。

「幻宗先生がこの件に絡んでいるというのですか」

「幻宗にきくのだ」

林蔵は同じことを言い、

「そうすれば、そなたの疑問が解けるかもしれない」

「私の疑問？」

「では、また会おう」

林蔵は踵を返した。

「待ってください。ひょっとして、幻宗先生の後ろ楯の件ですか。お金の出所ですか」

林蔵は振り返ることなく薬研堀のほうに去って行った。

かねてより、幻宗が患者から金をとらずに施療院を続けられる理由を考えていた。いろいろな想像があったが、今までもっとも近いと思っていた理由が薬草の栽培である。幻宗がかつて全国の山野を巡って薬草を収集していたことから、どこぞに薬草園を持ち、栽培された薬草を売った儲けを施療院に注ぎ込んでいるのではと考えた。

しかし、間宮林蔵は否定した。幻宗が薬草園を持っているにしてもかなり大勢の者が携わっていないと薬草を育てていくのは難しいと、新吾の考えを否定した。

幻宗は南蛮に渡ってケシの種子を手に入れて薬草園で栽培しているのではないかという考えもあった。しかし、ケシが高値で売れるのだとしても、薬草園だけで施療院を守っていく儲けを得られるかは疑問だった。

今、林蔵は気になることを言った。幻宗は抜け荷に関わっているのか。

新吾は唖然として林蔵の後ろ姿を見送った。

それから四半刻後、新吾は米沢町の『西国屋』の客間にいた。

香右衛門と差し向かいになった。

「河太郎さんの妹のおようさんから診察を断られました。新しい医者に診せるということですが、ほんとうにそうするのか心配なのです。どうか、河太郎さんの居場所を教えていただけませんか。よそに決して漏らしたりしませんので」

新吾は訴えた。

「さあ、私どももわかりません」

「なぜ、でしょうか」

「それは私どもと縁のないひとだからです」

「河太郎さんは『西国屋』の本店がある松江から来たのではありませんか」

「……」

香右衛門の表情が微かに変わった。

「本店から遣わされた男ではありませんか」

「なぜ、そうお思いになりますか」

「先日、八丁堀《はっちょうぼり》の津久井さまがお見えでしたね」

「……」

「津久井さまの話ですと、七、八日前、新大橋の近くで、男が殺されたそうです。男を殺した下手人も腹部を刺されているようです。腹を押さえた男が『西国屋』さんの裏手に向かうのを見ていたひとがいたそうです。それで、津久井さまがやってらした。その前に、急いで河太郎さんを別の場所に移したのでは」

「宇津木先生。お言葉ですが、河太郎はおようが自害をすると騒いで匕首を自分の喉に当てたのを止めようとして、誤って刃先を自分の腹に突き刺してしまったのです。奉行所に知れて大事になるのは避けたくて」

香右衛門は吐息を漏らし、

「まさか、同じころに殺しがあったなんて奇妙な偶然でございます」

あくまでも、香右衛門は隠し通そうとしている。

「おようさんはこちらとはどういうご関係なのですか」

「知り合いの娘です。ある事情で預かっているのです」

「その事情とはなんでしょうか」

新吾はきいた。

「そこまでお話ししなければなりませんか」

香右衛門は硬い表情になった。

「申し訳ございません。河太郎さんの行方をしりたいのです。ちゃんとした医者に診せているなら安心して引き下がれます」

「なぜ、そうまでして……」

「患者さんは完治まで見届けたいのです。それだけです」

「わかりました。おようさんには気うつの様子があり、ひどくなったときには自害をしようとするのです。あのときも激しい気うつに襲われていたようなので、心配して兄の河太郎さんに来てもらったのです。そうしたら、あんなことに……」

「おようさんは今、どちらに？」

「わかりません」

「自分の家に帰っているのではありませんか」

「宇津木先生。どうか、これ以上は……」

香右衛門は頭を下げた。

「そうですか」

新吾はため息をついた。

「ちょっとお訊ねしますが、松江の『西国屋』本店は乾物問屋の他に海運業もしていると伺ったのですが？」

「ええ。そうです」

「松江藩多岐川家とはつながりが深いのでしょうか」

「出入りをさせていただいております」

「私のところに往診を頼みにきたのは私が松江藩のお抱え医師だからですか」

「いえ、違います。上屋敷で何度かお見かけいたしておりましたので、お抱え医師としては存じあげていましたが、それだからではなく、あくまでも宇津木先生の評判を聞いてです」

「評判ですか」

「そうです」

「だったら、なぜ最後まで私に任せてくれなかったのでしょうか」

「さあ、それはおようさんの考えですから」

「では、またおようさんに言伝《ことづ》てをお願い出来ますか。もう一度だけ私に診させてください」

「伝えておきますが、おようさんが聞き入れてくれるかどうかわかりません」

「おようさんには気うつの様子があるのでしたね。それなのに、河太郎さんのまともな看病が出来るのでしょうか」

「自分のせいで兄が怪我をしたという責任を感じているのですから、そこはしっかりやると思います」

香右衛門は自信ありげに言う。

「ちなみに、おようさんの家はどちらでしょうか」

「本郷《ほんごう》です」

「本郷……」

香右衛門が本当のことをどこまで話しているかわからない、これ以上、話していても何も得られないと思った。

「失礼します」

新吾は立ち上がった。

二

翌朝、松江藩上屋敷に行き、番医師の詰所に入ると同時に若い武士が襖を開いた。

「宇津木先生、高見さまがお呼びにございます。中の間でお待ちくださるようにとのことです」

「わかりました」

新吾は返事をし、すぐに立ち上がった。

新吾は詰所を出て、長い廊下を行き、家老の用部屋の前にある中の間に入った。数人の家来が控えていた。殿の目通りを願う者はここで待つのだ。

部屋の隅で待っていると、さきほどの若い武士が新吾に近づいてきた。

「どうぞ。こちらに」

新吾は立ち上がって、若い武士のあとに従った。

殿と目通りをする御座の間に近い小部屋に行くと、すでに高見左近が待っていた。

色白で切れ長の目をした女のような顔だちだ。

「宇津木どの。まあ、楽にしたまえ」

左近は鷹揚《おうよう》に言う。

「はい」

新吾は左近の用向きを考えた。藩主嘉明公への蘭学の講義を再開する話だろうか。

果たして、左近はそのことを口にした。

「さて、殿への講義の件だが、じつは、殿は蘭学を花村潤斎どのから習うことになった」

「そうですか。花村潤斎さまのほうが経験豊富でございますし、私などよりははるかにいろいろなことをご存じかと思います」

「そなたの役目を横取りされたことになるが、なんともないのか」

「もちろんでございます」

新吾ははっきり言った。

「潤斎さまは蘭学者でもありますし、近習医でもあらせられます」

「そうか」

左近は顔をしかめ、

「じつは殿はそなたから教わりたいのだ」

と、言った。

「……」

新吾は返事が出来ない。

「それが出来ないことを悔しがっていた」

「なにを悔しがる必要がありましょうか。花村潤斎さまなら……」

「待て」

左近が制した。

「花村潤斎どのが我が藩の近習医になったのは……。いや、よそう」

「何か」

「気にしないでいい」

左近は突き放すように言ってから、

「このことだけを告げたかったのだ」

と、口にした。

「そうですか」

新吾は首を傾げた。

わざわざ、呼び出して告げる必要があるのか。そこまで新吾に気をつかうとは思えない。何か思惑があるのではないかと、新吾は警戒した。

ひょっとして、『西国屋』から何か言ってきたのか。そのことで何か言いたかったのではないか。それならばと、新吾は切りだした。

「高見さま。ちょっとお願いしたいことがあります」

「何か」

「米沢町にある『西国屋』はご当家の御用達と伺いました。本店は松江藩領内にあり、海運業も営んでいるとか」

「それが、どうかしたか」

左近は微かに眉間に皺《しわ》を寄せた。

「じつは『西国屋』に呼ばれて療治した河太郎という男を捜しています」

新吾は経緯を語ってから、

「新たな医者をつけるということでしたが、治療がほんとうに行われているのかどうかを確かめたいのです」

「新たな医者をつけるということであれば、それを信じればよいではないか。何を気にすることがある?」

「私が診たとき、傷口が化膿していました。医者の手当ての形跡はありませんでした。ですから、心配なのです」

「なぜ、それほど気にかける？」

「一度でも診れば、私の患者です。医師として最後まで診る責任があります」

「どうして欲しいのだ？」

「『西国屋』のほうは、私からも河太郎さんを隠そうとしています。その理由について詮索するつもりはありません。ただ、河太郎さんがちゃんとした治療を受けられているかどうかを確かめたいだけです」

「河太郎とやらの居場所を教えるようにと？」

「はい。その前に、私はもろもろの事情には興味はないことをお伝えください」

「もろもろの事情とは？」

「河太郎さんがなぜ匕首で刺されたか。新大橋の近くで男が殺された件と関わりがあるのかないのか。私には関係ないということです」

「困ったな」

左近は顔をしかめた。

「何か」

「じつは、用人どのを通して『西国屋』の香右衛門からも頼まれてな」

「……」

新吾は啞然とした。

「そなたに、河太郎にこれ以上関わらないでもらいたいと説き伏せてほしいということだ」

「やはり、そうでしたか」

新吾は憤然とし、

「なぜ、そこまでして河太郎さんを引き離そうとするのでしょうか。最初は私に往診を頼んだのです」

そのことが不思議だった。なぜ、急に新吾を遠ざけることになったのか。

「私にもわからん」

左近は首を横に振り、

「香右衛門の胸の内はわからぬが、他に医者を見つけたという言葉を信じたらどうだ？」

と、もう一度言った。

「いえ、信じられません」

「なぜだ？」

「最初から嘘《うそ》をついていたからです」

新吾は続ける。

「河太郎さんは妹が自害しようとしたのを止めに入って誤って自分の腹に匕首を刺したという説明をしました。しかし、新大橋近くで殺しがあり、腹部に怪我を負った下手人らしい男が米沢町のほうに逃げて行ったのを辻番所の番人が見ていたのです」

「その下手人が河太郎という証はあるまい。河太郎の怪我も妹が自害しようしたせいだとしたら、世間に隠したい事情はわかるのではないか」

「そのような偶然がありましょうか」

「まったくないとも言えまい」

左近は突き放すように言った。

思わず、新吾は左近の顔を見返した。左近はやはり『西国屋』側に立っている。

「高見さま」

新吾は居住まいを正した。

「この春、『西国屋』の北前船が座礁し、積荷の一部が海に落ちたというのはほんとうでしょうか」

「いや、そのような話は聞いていない」

左近は言下に否定した。

「北前船の座礁は高見さまが国表におられるときです。高見さまのお耳に入らなかったただけなのか、それとも座礁はなかったということでしょうか」

「私はたかが近習番に過ぎない。国家老ら重役に知らせが入ったとしても、私に知らせはない」

「殿さまにご報告はないのですか」

藩主の嘉明に知らせるなら、当然左近は知ることになるだろう。

「『西国屋』の商売のことだ。我らとは関係ない」

抜け荷のことを持ち出すか迷った。しかし、そのことを持ち出せば、誰から聞いたかが問題になる。間宮林蔵とのつながりを疑われる。

そう思ったとき、新吾はあっと声を上げそうになった。

なぜ、『西国屋』は新吾を突然遠ざけにかかったのか。

「高見さまは『西国屋』の香右衛門どのと親しい間柄でしょうか」

「殿に挨拶にお見えになったとき、いっしょに会うぐらいだ。それがどうかしたか」

「河太郎の件は報告が？」

「そのようなことをわざわざ報告してくることはない。なぜ、そのようなことをきく？」

「いえ」

左近がどこまで正直に答えているかわからないが、少なくとも左近は『西国屋』とつながりがある。

「宇津木どの。河太郎のことは私から『西国屋』に確かめてみる。だから、何も心配はいらない」

「わかりました」

新吾は腰を上げた。

その日の夕方、新吾は小舟町の家を出て、幻宗の施療院に行った。

着いたときは暗くなっていて、幻宗は患者の治療を終え、いつもの濡縁に腰を下ろし、酒を呑みながら庭を見ていた。鈴虫の軽やかな鳴き声が聞こえる。

「先生」

新吾はそばに腰を下ろした。

「うむ」

幻宗は頷き、空になった湯呑みを置いた。

「先日の患者がまた隠されました」

新吾は経緯を話した。

幻宗は黙って聞いている。

「新しい医者をつけたと言いますが、信じられません」

「しかし、河太郎を見殺しにするとは思えぬが？」

「それなら、私に医者の名を教えてくれてもいいはずです」

「事情があるのだろう」

「……」

新吾は耳を疑った。幻宗からそのような答えが返ってくるとは思わなかった。

「先生は自分の患者に最後まで責任を持つべきだと仰いました。このままでは、心配なのです」

「新吾」

幻宗は声を強めた。

「己がすべてではない。そなたが治療せずとも他の医者の手当てで河太郎は完治するはずだ」

「はい。仰るとおりです。何も私にしか治せないなどと思い上がっていません。ただ、新しい医者をつけるということがほんとうかどうか、そこが心配なのです」

新吾は自分の思いの丈をぶつけるように、

「二度も私を排除したのは秘密を守らんがために相違ありません。『西国屋』は間宮林蔵を恐れているのだと思います。最初、私に治療させたあと、『西国屋』の主人は松江藩の高見左近さまから私が間宮さまとつながりがあると知らされ……」

と、訴えた。

幻宗は最後まで話を聞いてから、

「どうしたいのだ？」

と、新吾に顔を向けた。

「河太郎がちゃんと医者の治療を受けているか知りたいのです」

「難しいな」

幻宗は苦い顔をした。

「確かに、俺は最後まで患者に責任を持てと言った。だが、今の話を聞いた限りでは難しい」

「では、諦めろと？」

新吾はきき返す。

「『西国屋』はよほどの理由があって河太郎を隠したいのだろう。それを突き破ることは容易なことではない。それにそのようなことは医者の領分ではない」

「しかし、このままでは河太郎は……」

「待て」

幻宗は制し、

「そなたが診なければ河太郎の傷が完治しないと考えているとしたら思い上がりだ。確かに、最初は医者に診せなかったために傷口が化膿してしまったかもしれないが、そうなったら医者を呼んだのだ。だから、今度も医者に診せているはずだ」

「……」

「もはや、そなたの手を離れたのだ。河太郎についてそなたに責任はない」

「仰ることはわかります。ですが、やはりこの辺りがもやもやしてなりません」

新吾は自分の胸を叩いた。

「新吾。そのもやもやは河太郎の治療が出来ない虚しさではあるまい。『西国屋』の主人がそなたと間宮林蔵とのつながりを気にした理由にあるのではないか」

「そうかもしれません」

新吾は正直に答えた。

「先生。松江藩の領内にある『西国屋』は海運業も営んでいるようですが、ご存じでいらっしゃいますか」

「知っている」

「今年の春、『西国屋』の北前船が座礁し、積荷の一部が海に落ちたそうです。その荷物が海岸に流れ着き、その荷を拾った者がその中から高麗人参を奪い、江戸で捌こうとした。新大橋の袂で殺されたのはその男だということです」

「……」

「なぜ、高麗人参が『西国屋』の北前船に積まれていたのでしょうか」

新吾は幻宗の顔色を窺った。

「……」

「先生、抜け荷では？」

「わからぬ」

幻宗は首を横に振る。

「間宮さまは、先生が何かを知っていると言っていました」

「あの男のはったりだ」

幻宗が嘘をついているのだろうか。どうしても、幻宗の金の出所が気になるのだ。幻宗は『西国屋』の抜け荷に絡んでいるのでは……。その儲けの分け前が施療院を支えているのではないか。

「先生、患者から一切金をとらずに施療院がどうしてやっていけるのか不思議でなりませんでした。どこから金を調達しているのでしょうか」

「そのようなこと、知る必要はない」

幻宗は突き放すように言う。

「でも」

「新吾、そなたがよけいなことに気をまわすといけないので、あえて言うが、この施療院が患者から金をとらずにやっていけるのは、わしの才ではない」

「では、やはり先生を後援するお方が？」

「よけいなことにとらわれず、患者のことだけを考えればいい」

そう言い、幻宗は話を打ち切るように立ち上がった。声をかける間もなく、幻宗はその場を立ち去った。

いつにない幻宗の態度が意外だった。

幻宗の施療院をあとにしたが、新吾は幻宗に対して疑いを深めていた。

幻宗はかつて松江藩のお抱え医師だった。しかし、上屋敷での治療だけで、国表のほうは関係ない。

だから、幻宗と『西国屋』本店とのつながりは考えられない。米沢町にある出店のほうと関係が生まれたとしても、そこから本店と結びつくようになったとは思えない。

ただ、幻宗は松江藩のお抱え医師を辞めたあと、数年間放浪をしている。この間に松江にも行き、本店との結びつきが出来たのではないか。

新吾はある想像をした。『西国屋』本店に抜け荷を持ち掛けたのは幻宗では……。抜け荷の分け前が施療院を支えている。

間宮林蔵はそこまで調べているのか。

永代橋を渡り、小舟町の家に帰ってきたとき、家の前に黒い影が立っていた。

新吾に気付いて、黒い影が近づいてきた。遊び人ふうの男だ。

「宇津木新吾先生ですね」

「そうですが、あなたは？」

「あっしは河太郎の使いの者です」

男はえらのはった四角い顔をしていた。

「河太郎さんの？」

新吾は思わずきき返し、

「河太郎さんはどこにいるのですか」

「ある場所です」

「どこですか」

「来ていただけますか。また、ぶり返して」

「医者に診せていないのですか」

「ええ」

「すぐ行きます」

「あっ」

男が短く叫んだ。

その視線の先を追うと、柳の木の陰に三つのひと影があった。

「まずい」

男が顔を強張らせた。

「何者ですか」

新吾は柳の陰にいる男を見てきく。顔は暗くてわからない。

「また、改めて参ります」

そう言うや、男は急いで去って行った。

「待ってください」

声をかけたが、男は振り返ることはなかった。

柳の木の陰の三人の男の姿も消えていた。

三

翌朝、どんよりして今にも降り出しそうな中、小舟町の家を出て、新吾はひとりで松江藩上屋敷に向かった。

昨夜の男が気になってならなかった。河太郎のことで男がやって来たら、すぐに戻るから引き止めておくようにと香保に頼んだ。上屋敷に行ったら、麻田玉林にわけを話し、すぐ家に戻るつもりだった。

浜町堀に差しかかって橋を渡る。堀沿いを職人ふうの男が浜町河岸のほうに駆けて行く。その辺りにひとだかりがあった。

何かと気になったが、新吾はそのまま先を急いだ。

柳原《やなぎわら》の土手に上がり、新《あたら》シ橋《ばし》を渡って向柳原《むこうやなぎはら》から三味線堀を過ぎて上屋敷に着いた。

御殿の詰所で待っていると、麻田玉林がやって来た。

「麻田さま。きょうはこのまま帰らせていただきたいのですが」

新吾は切りだした。

「構わんよ。どうせ、何もないだろうからな」

玉林はあっさり言ったあとで、

「何かあったのか」

と、探るようにきいた。

「私のところの患者が少し病をこじらせまして。早急な手当てをしたいのです」

「そんなことか」

玉林はつまらなそうに言う。

「申し訳ありません。これで」

「ああ。早く、行ってやるがいい」

「失礼します」

新吾は立ち上がって詰所を出た。

来た道を戻った。

浜町堀までやって来て、橋の上から浜町河岸のほうを見た。さっきよりひとの数が増えていた。その中に、津久井半兵衛の姿を見つけた。

荷を背負った男が戻ってきた。

「あの騒ぎはなんですか」

新吾は声をかけた。

「殺しです」

「殺し？　殺されたのは誰ですか」

新吾はあわててきいた。

「遊び人ふうの男です」

まさか、昨日の男ではないかと胸が騒いだ。三人の男に付け狙われていたのだ。

新吾はひとだかりのところに急いだ。亡骸《なきがら》は大八車《だいはちぐるま》に載せられていた。奉行所まで運ぶようだ。

「津久井さま」

新吾は声をかけた。

「宇津木先生。何か」

半兵衛が振り返った。

「殺しだそうですね」

「ええ」

「ホトケの身許はわかったのですか」

「まだです。何か心当たりがおありで？」

「いえ、まだわかりませんが、念のために顔を確かめさせていただけませんか」

「ええ、確かめていただきましょう」

半兵衛は新吾を大八車のそばに案内し、小者に命じて莚《むしろ》をめくらせた。

新吾は合掌《がっしょう》してから、ホトケの顔を覗き込んだ。

土気色《つちけいろ》の顔は細かった。昨夜の男はえらのはった四角い顔だった。

「ひと違いでした」

新吾は首を横に振った。

「そうですか」

半兵衛は残念そうに言う。

「失礼しました」

新吾は謝ったあとで、

「津久井さま、例の殺しの身許はわかったのですか」

「いや、まだです。江戸者ではないかもしれぬが、それでも江戸に知り合いがいるはずなのだが……」

半兵衛は渋い顔をした。

「そうですか」

新吾は知っていることを言いだせないもどかしさと半兵衛に対する負い目から、すぐに立ち去った。

小舟町の家に帰ると、香保が迎えに出て、

「男のひとが来ました。待つように言ったのですが、言伝てを残して引き上げました」

「言伝ては？」

「帰り次第、柳原の土手にある柳森《やなぎもり》神社に来てもらいたいとのことです」

「柳森神社か。よし、行ってくる」

「だいじょうぶでしょうか」

香保が不安そうに言う。

「心配ない」

新吾は薬籠持ちの勘平を従え、再び出かけた。

半刻後、柳森神社に着いた。

鳥居をくぐって境内《けいだい》を見まわす。昨日の男の姿はない。鳥居の脇で待っていると、本殿の後ろからえらのはった四角い顔の男が現れた。

「宇津木先生、こんな形で呼び出して申し訳ありません。また、恐縮ですが、妻恋町《つまごい》に行ってもらえますか」

「妻恋町のどこですか」

「あっしがあとからついていきますので。ともかく、妻恋町を目指してください」

「わかりました」

新吾は鳥居を出て、筋違橋《すじかい》に向かった。だいぶ離れて男はついてくる。尾行者を警戒しているのだ。

今朝、浜町河岸で見つかったホトケが気になった。昨夜、柳の木の陰から様子を窺っていた男のひとりではないのか。

筋違橋を渡って、明神下《みょうじんした》を通り、妻恋坂に向かった。両脇に武家屋敷が続く。途中で、振り返る。

ひとの往来は多いが、不審な者はいなかった。はるか後方を四角い顔の男が歩いている。男は自分の背後も気にしていた。

男が河太郎とどのような関係か。妹のおようはどうしているのか。

坂を上がり切り、妻恋町に入る手前で、新吾と勘平は立ち止まった。

男が追いついてきた。

「こっちです」

男が先に立った。

男にききたいことはたくさんあったが、ともかく河太郎に会うことが先決だった。

男は裏通りに入り、小さな土蔵が見える家の裏口から中に入った。

「こっちです」

庭に入り、土蔵の前を通って進むと、物置小屋があった。

「ここです」

「ここに？」

新吾は思わず目を疑った。

「どうぞ」

男は戸を開けて言う。

新吾は中に入った。明かり取りからの弱い光に、横たわっている男の姿が映し出された。河太郎だった。

新吾は急いで駆け寄った。

河太郎は息が荒かったが、喘《あえ》いでいるほどではなかった。額に手を当てると熱かったが、そんな高熱でもない。脈もそれほど乱れてはいない。

「桶にお湯を入れて持ってきていただけますか」

男に言う。

「わかりました」

男は小屋を出て行った。

「傷口を見ます」

新吾は着物を剝ぎ、晒を解いた。あてがってあった布に血が滲んでいた。

布をとると、いやな匂いがした。新吾は布で膿を拭き取る。

男が桶を持ってきた。その桶のぬるま湯で布を濯ぎ、さらに傷口を拭く。そして、傷口を消毒する。

膏薬《こうやく》を貼り、痛み止めの薬を飲ます。

「先生、どうですね」

男が心配そうにきいた。

「思ったよりは傷口は悪化していませんでした。心配いりません。でも、このまま放置していたらいけません」

新吾は言い、

「なぜ、このようなことになったのですか」

と、男にきいた。

「あっしは詳しく知りませんので」

男は逃げた。

「ここはどなたの家ですか」

「『河津屋《かわづ》』という質屋です」

「なぜ、病人をこんな場所に？」

「へえ」

男は言いよどむ。

「『河津屋』とはどのような関係なんですか」

「ご厚意で、この小屋をお借りしました」

男は言う。

「病人をここに置いておくわけにはいきません。ちゃんとした場所がなければ、私のところで養生させましょう」

「先生のところでは……」

男は言いよどんだ。

「なんですか」

「見つかってしまいます」

「誰に？　町方にですか」

「へえ」

「しかし、私のそばにいれば手当ても行き届きます」

「昨夜も、あっしが先生の家に行ったのを見られていましたから」

「あの三人は誰なんですか」

「……」

「答えてくれないのですね」

新吾はため息をつき、

「妹のおようさんは？」

と、思い出してきく。

眠っていたと思っていた河太郎が、

「違います。妹じゃありません」

と、喘ぐように言った。

「妹じゃない？」

新吾は河太郎の顔を覗き込む。

「では、どういう間柄なのですか」

「……」

河太郎は押し黙った。

「いったい、何を隠しているんですか」

「宇津木先生」

男が口を入れた。

「治るまでどのくらいみておけばいいでしょうか」

「ひと月はかかるでしょう」

「ひと月ですって？」

男は目を見開いた。

「そんなにここに置いてもらえません」

「他に頼れるところは？」

「ありません」

「だったら、私のところか……」

幻宗の施療院と思ったが、ここから深川までは遠い。駕籠で行くにしても、長く揺られていたら傷口がぱっくり開いてしまうかもしれない。

それにしてもと、疑問を覚えた。

「今後のことを考えるために、教えていただきたいことがあります」

「なんですね」

「まず、あなたの名前と河太郎さんとの関わりから教えていただけますか」

「あっしは倉吉《そうきち》っていいます」

「倉吉さんと河太郎さんの関係は？」

「竹馬の友です」

「江戸ですか。それとも、松江……」

新吾はきいた。

「江戸です」

「ほんとうですか」

「はい。牛込《うしごめ》です」

「さっき、町方から逃げているようなことを仰っていましたが、それだけですか。倉吉さんのあとをつけてきた男たちは何者なんですか。あの男たちからも逃げているようですね」

「……」

倉吉は口を閉ざした。

「河太郎さん。あなたはなぜ『西国屋』から移った屋敷の離れを出て行ったのですか。おようさんはどうしたのですか」

新吾は疑問をぶつけた。

「じつはあっしは『西国屋』から……」

河太郎が口にする。

「『西国屋』から、なんですか」

「逃げたのです」

「逃げた？」

「なぜですか」

「いろいろありまして」

河太郎ははっきり言わない。

「『西国屋』はあなたに何を？」

「……」

「言えませんか。『西国屋』に見つかったら、あなたはどうなるのですか」

「殺されます」

「殺される？『西国屋』の香右衛門さんにですか」

「いえ、あの女です」

「女？おようさんですか」

新吾は確かめる。

「……」

返事がないのは否定しなかったということだ。

「どういうことですか」

新吾はさらにきいたが、ふたりはもう口を開こうとしなかった。

重たい沈黙が流れた。

まったく状況はつかめない。だが、河太郎をここに置いておくのは病状の悪化を招く。

「わかりました。今夜、河太郎さんを深川に連れて行きましょう」

「深川に？」

「はい。深川の常盤町で、村松幻宗という私の師が施療院をしています。そこなら、安心です」

　新吾は言い、

「ただ、一刻（二時間）近く、移動しなければなりません。傷口にかなりな負担になるでしょう。それを覚悟で」

「……」

「いかがですか」

「先生はなぜ、そこまであっしを？」

　河太郎がきいた。

「医者は患者に対して最後まで責任があるのです。私の役目はあなたの傷を治すこと。それだけです」

　河太郎が新大橋での殺しに関与しているかは関係ないのだと、新吾は付け加えた。

「河太郎。先生の仰るとおりしようじゃねえか。動ければの話だが」

　倉吉が口添えをする。

「動ける」

河太郎は厳しい顔で言う。

「でも、どうやって深川まで」

倉吉がきいた。

「今夜、ここから駕籠で、柳橋まで行き、そこから船で小名木川の高橋まで行きます。『白波屋《しらなみ》』という船宿に来てください。私が待っています」

「『白波屋』ですね」

「はい。私が話をつけておきます」

「わかりました」

倉吉は頷いた。

「では、私はそのように手配をしておきますので」

新吾は立ち上がった。

裏口から出て、新吾は本郷通りに出て、遠回りをして小舟町の家に帰った。

四

新吾が家に落ち着いたあと、順庵が往診から帰ってきた。

「どうした、お屋敷のほうは?」

「じつはいろいろ事情がありまして。お願いがあるのですが」

新吾はすぐに用件に入った。

「義父上は柳橋の『白波屋』には往診に行っていますね」

「ああ、あそこの亭主の病を治してやった」

順庵は得意気に言う。

「じつは今夜、病人を幻宗先生のところに連れて行きたいのです」

新吾の話を聞き終えて、

「任せておけ」

と、順庵は胸を叩いた。

「よし、これから行って頼んでくる」

順庵は言った。

順庵が戻るまで、新吾は順庵が受け持っている通い患者の診療に当たった。最初の患者は頭痛持ちで、天気の変わり目に頭が痛くなるというお婆さんだった。療治は簡単に終わったが、さんざん嫁の悪口を言って帰っていった。

次の喘息《ぜんそく》の年寄りは、自分の若い頃、いかに女に持てたかを自慢して帰っていった。

他の患者も似たりよったりだった。医者は病気と向き合うだけでなく、患者の心の捌《は》け口になってやらねばならないのだと痛感する。この点において、順庵は如才《じょさい》がなかった。患者は満足して引き上げて行く。

改めて、義父の順庵を見直す思いだった。

順庵が帰ってきた。

「話をつけてきた。安心しろ」

「すみません、ありがとうございます」

それから、七つ(午後四時)前に、新吾は深川に出かけた。

半刻後、新吾は患者と患者の合間に幻宗と会った。

事情を説明し、

「河太郎さんにここで養生させてもらいたいのです」

と、頼んだ。

「もしかして、同心の津久井さまが捜している下手人かもしれません。傷が完治したら、改めて津久井さまにお話をしようと思っています」

「わかった。連れてくるといい」

「はい」

新吾は勇んで施療院を出て、両国橋《りょうごく》を渡って柳橋の船宿『白波屋』に暮六つ（午後六時）前に着いた。『白波屋』の土間に入ると、女将《おかみ》がいた。

「宇津木先生」

「女将さん、義父がお頼みしたと思いますが」

「ええ。わかっております。任せてください」

女将は胸をぽんと叩いた。

新吾は外に出て、河岸の柳の陰で河太郎を待った。『白波屋』には客が多く、何人も土間に入って行き、そのたびに女将が愛想《あいそ》笑いで応対している。

吉原《よしわら》に出かけるのか、商家の旦那ふうの男が猪牙船《ちょきぶね》に乗り込み、すぐに船頭が船を出した。

駕籠がやって来た。傍らに、倉吉が付き添っていた。『白波屋』の戸口の前で駕籠は停まり、河太郎が下りた。よろけそうになるのを、倉吉が支えた。

駕籠が去ったのを見て、新吾は出て行った。

「河太郎さん、苦しいですか」

「いえ、だいじょうぶです」

新吾は土間に入り、女将に声をかけた。

「お願いします」

「はい」

女将は若い船頭を伴って出てきた。

「じゃあ、頼んだよ」

女将は船頭に言う。

「へい」

威勢のいい返事をし、船頭は新吾たちに顔を向け、

「どうぞ」

と、猪牙船に招じた。

「じゃあ、あっしは陸《おか》から高橋まで行きます」

倉吉が言う。

「いえ、倉吉さんは船に乗ってください」

新吾は言ってから、

「船頭さん、すみませんが、このひとを横にさせてください」

と、告げた。

「へえ、女将さんから言いつかっています。どうぞ」

「じゃあ」

倉吉は河太郎を抱えるようにして船に乗り込んだ。

「じゃあ、高橋で」

船が出て行くのを見送ってから、新吾は女将に挨拶をした。

「万が一、誰かにふたりをどこに運んだかときかれたら、橋場《はしば》までと」

「わかりました。船頭にも言い含めておきます」

礼を言い、新吾は船宿を離れ、両国橋を渡った。橋の真ん中で川を覗くと、河太郎を乗せた船が橋の下を通過した。

新吾は先を急いだ。暗い川に、小名木川に向かう船の影が見えた。

回向院《えこういん》前から竪川《たてかわ》に向かい、二ノ橋を渡って、新吾は小名木川にかかる高橋に急いだ。

高橋に着くと、大川から猪牙船がやって来て、桟橋につけた。

河太郎と倉吉は陸に上がった。

「ごくろうさまでした。もし、誰かからきかれたら橋場で下ろしたと言ってくださ
い」

新吾は船頭に念を押した。

「へい、わかっております」

船頭は合点《がてん》したように頷き、船を返した。

「河太郎さん、歩けますか」

新吾は倉吉に支えられて立っている河太郎に声をかけた。

「なあに、だいじょうぶです」

河太郎は強がったが、顔はきつそうだった。それでも、河太郎は懸命に歩いて、幻
宗の施療院に辿り着いた。

河太郎を患者が泊まり込む部屋に連れて行き、ふとんに寝かせた。

幻宗がやって来た。

「幻宗先生です」

新吾は河太郎に声をかけた。

「へえ」

河太郎は返事をする。

「傷をみよう」

そう言い、幻宗は河太郎の傷口を見た。

「ここまで無理をしたから傷口が少し開きかけているが、問題はない」

幻宗は傷口を消毒し、薬を塗った布を患部に貼り、晒で巻いた。新吾はその手際のよさに改めて感嘆した。

「もう心配はいらぬ。ここで養生するのだ」

幻宗は河太郎に言い、立ち上がった。

新吾は幻宗を追って、部屋を出た。

「先生、ありがとうございました」

「新吾、よく手当てをした。無茶をしながらよくこの程度で済んだ」

幻宗が讃えた。

「いえ、河太郎さんの強靭な体のおかげです」

「そればかりではない。そなたの手当てがよかったのは間違いない」

「おそれいります」

「あとは任せて、早く帰れ」

「わかりました」

新吾は倉吉に声をかけ、一足先に施療院を出た。

新吾はやっと肩の荷を下ろした。幻宗の施療院にいれば安心だ。ただ、河太郎には謎が多い。

新大橋の近くの殺しに河太郎が絡んでいる公算は高く、浜町河岸での殺しは状況からして倉吉の仕業《しわざ》ではないかという疑いは消えない。

その背景にあるのが『西国屋』の抜け荷だ。それが事実だとしたら、松江藩の関与も疑われる。

だが、そのことを追及する任は新吾にない。

しかし、新吾にとって見逃せないことがある。幻宗が抜け荷のことを知っているという間宮林蔵の言葉だ。

新吾の問いに、幻宗が何も答えなかったことで、さらに不審の念を高めた。

いずれ、同心の津久井半兵衛や間宮林蔵の探索の手が河太郎に迫ってくるに違いない。そのとき、新吾はどうするべきか。

翌日、新吾は香保とともに入谷《いりや》にある植木屋の『植松《うえまつ》』にやって来た。柴垣で囲まれた庭に、植木がたくさん並んでいた。

新吾は庭をまわって、裏の離れに向かった。

縁側に香保の母親がいた。足音に気付いて顔を向けた。

「あら」

義母は目を輝かせた。

「お揃いでよくきてくださいました」

義母は新吾に微笑みかけた。

「お義母《かあ》さん。ご無沙汰《ぶさた》して申し訳ありませんでした」

新吾は詫びる。

「何を言うんですか。お忙しい身なのに。さあ、上がってちょうだい」

「おかあさま。お元気そうで」

香保が言う。

「おまえも元気そうで」

母親は涙ぐんだ。

新吾と香保は縁側から上がった。

「漠泉さまは往診ですか」

新吾はきいた。

「もう、戻ると思います」

そう言ったあとで、

「きょうはゆっくりしていけるの？」

と、義母はきいた。

「ごめんなさい、そんなにゆっくり出来ないの」

香保がすまなそうに言う。

「そう」

義母は一瞬寂しそうな顔をした。

が、すぐ笑顔になって茶をいれてくれた。

「帰ってきたようね」

義母が言うと、やがて庭先に漠泉が現われた。

「来ていたのか」

漠泉は声をかけた。

「はい」

新吾は手を突いて挨拶をした。

「うむ」

漠泉も顔を綻ばせ、土間にまわってから部屋に上がってきた。

久しぶりに四人で顔を合わせた。

「新吾どのは、松江藩のお抱え医師、それも番医師だそうだの。たいしたものだ」

漠泉が目を細めて言い、

「わしも鼻が高い。順庵どのもさぞかし喜んでいるであろう」

「はい。最近は機嫌がよいです」

「そうであろう」

漠泉は笑った。

新吾は香保に目配せした。

香保は頷き、

「おとうさま、おかあさま」

と、ふたりを交互に見た。

「なんだ、改まって」

漠泉が訝しげな顔をした。

「小舟町の家を増築しようと思うんです。そうしたら、来ていただけませんか」

「もちろん、遊びに行く」

「いえ、そこで暮らすのです」

「暮らす？」

義母が驚いたようにきく。

「ええ。私たちといっしょに暮らしませんか」

新吾が口を入れた。

「そのようなことを考えていたのか」

漠泉が戸惑ったように言う。

「いかがでしょうか。ぜひ、来ていただきたいのですが」

新吾は訴えるように言う。

「気持ちはありがたいが、ここでの暮らしに馴染んでな。今さら、ここを離れる気にはなれんのだ」

漠泉は笑みを湛えながら言う。

「漠泉さまは表御番医に復帰なさりたいというお気持ちはおありでしょうか」

「……」

漠泉が眉根を寄せた。

「いかがでしょうか」

「今も言ったと思うが、わしはここでの町医者の暮らしが気に入っているのだ。表御番医師として堅苦しい暮らしをしているより、はるかにのびのびし、気分もいい」

「しかし、まだまだ老け込む歳ではありません。また、元のように表舞台で活躍をなさっていただきたいのです」

「なぜ、そのようなことを？」

漠泉が怪訝な顔をした。

「漠泉さまはシーボルト事件に巻き込まれただけです。だとしたら、もう謹慎は解けていいはずです」

新吾はむきになった。

「そなたの気持ちはありがたく思うが、今の暮らしで満足している。香保がそなたと結ばれ、これ以上何を望もうか」

漠泉は笑った。

「いえ。漠泉さまがもとのようになって……」

「無理だ」

新吾の反論を押さえつけて、

「わしが表御番医師に復帰するためにはそれなりのお方に熱心に働きかけをせねばな

るまい。そこまでして戻ろうとは思わぬ」

漠泉が本音を吐露《とろ》しているのかどうかわからない。

「そなたも、わしのことを気にかけずともよい。もう、わしのような年寄りの出番はない、それでいいのだ」

漠泉は言い含めるように言う。

「違います。まだまだ漠泉さまには先頭に立って……」

「じつは先日……」

漠泉が言いかけたとき、土間からひとの声が聞こえた。

「先生、いらっしゃいますか」

「失礼する」

漠泉は立ち上がって土間に向かった。

「どうした?」

「婆さんが胸が苦しいって」

話し声が聞こえてくる。

「よし、すぐ行く」

漠泉が戻ってきて、

「これから患者のところに行かねばならぬ。帰ったら、また」

「もう、帰らないと」

　香保がすまなそうに言う。

「そうか。また、ゆっくり来てくれ。ともかく、行ってくる」

　漠泉は薬籠を持って出かけて行った。

　四半刻後に、新吾と香保は引き上げた。

　通りに出たところで、引き上げてきた漠泉と出会った。

「帰るのか」

　漠泉は笑みを浮かべていたが、どこか寂しそうに感じられた。

「今度、ゆっくり来ます」

　新吾が言う。

「待っている」

「はい」

「わしらのことはあまり気にするな」

　漠泉はそう言った。

　新吾は会釈をし漠泉と別れた。途中で振り返ると、漠泉がまだ立っていた。

「まだ見送っておられる」

新吾は香保に声をかけた。

香保も立ち止まって振り返る。

「なんだか、すっかり歳をとられたような」

香保が寂しそうに呟く。

「口では、あのように仰っていたけど、やはり今の暮らしに……」

新吾は胸が締めつけられた。

「ええ、私たちに心配かけまいとしているようだけど」

「やはり、復帰していただくべきではないか」

新吾は漠泉をこのまま終わらせてしまってはいけないような気がした。

そういえば、さっき、何か言いかけたが、何を言おうとしたのだろうと、新吾は今になって気になった。

五

翌日、上屋敷から帰ってくると、『西国屋』の半纏《はんてん》を着た男が家の前に立っていた。

「宇津木先生、大旦那の往診をお願いにあがりました」

『西国屋』の奉公人のようだ。

「様子は？」

「少し息が荒く、苦しそうです。目眩がしたと」

「わかりました。支度して、すぐ伺います」

「お願いします」

奉公人は引き上げた。

大旦那のことは口実かもしれない。おそらく、河太郎の行方を捜しているのだろう。

新吾はいい機会だと思った。

それから四半刻後に、新吾は『西国屋』の内庭に面した部屋で大旦那を診察した。

特に異常はなく、診察を終えたあと、内儀が顔を出して、

「どうぞ、こちらに」

と、別間に新吾を案内した。

そこに、香右衛門が待っていた。

「ご苦労さまにございます。父の様子はいかがでしょうか」

「少し安静にしていれば、落ち着くでしょう」

「ありがとうございました」

女中が茶を運んできた。

新吾は軽く頭を下げる。

「宇津木先生のご妻女どののお父上は、元表御番医の上島漠泉どのだそうですね」

「どうしてそのことを？」

新吾は不思議に思った。どうしてそのことを知っているのか、そしてどうしてそんなことを持ち出したのか。

「たまたま、そのような話を耳にしました」

「どなたからですか」

「知り合いの商家の旦那です」

香右衛門は言ってから、

「上島漠泉どのはシーボルト事件に巻き込まれて、表御番医の地位を剝奪されたそうにございますね」

と、口にした。

「はい。思わぬ災難に遭いましたが、今は三ノ輪で町医として静かに暮らしております」

「そうですか」

香右衛門は頷いてから、

「でも、表御番医に返り咲きたいでしょうね」

「さあ、どうでしょうか。今の暮らしに満足しているようですので」

新吾は慎重に答えた。

「いや、一度栄華を極めたお方はそのときのことを忘れないでしょう。口ではそう仰っても、本心は違うのでは」

「……」

「これは失礼しました」

香右衛門は頭を下げ、

「じつはこんなことを申し上げましたのは、私どもは少々、奥医師のあるお方と親しくさせていただいておりますもので」

「奥医師？」

潤斎が言っていた桂川甫賢のことだろう。しかし、香右衛門が親しいのは潤斎の師で、桂川甫賢の弟子のはずだ。

「はい。そのお方に頼めば、漠泉どのの返り咲きも叶うのではないかと思っております」

「なぜ、そのようなお話を？」

「宇津木先生の岳父さまと知り、漠泉どのを不遇のままにしておくのが忍びないと思いまして」

「……」

「もし、漠泉どのにその気があれば、お願いしてみてもよろしいかと思いまして」

「さあ、その気があるか、確かめてみなければわかりませんが」

新吾は警戒ぎみに、

「でも、お頼みするにしても、多額の謝礼が必要になりましょう」

「その点は心配いりません」

香右衛門はにこやかに言う。

「どうしてでしょうか」

「いろいろと」

香右衛門は口を濁し、

「ところで、宇津木先生は河太郎がどこにいるかご存じありませんか」

と、切りだした。

「知りません。妹のおようさんから別の医者に診せることにしたと言われ、診察を拒絶されましたから」

「そうですか」

香右衛門は眉根を寄せた。

「おようさんの話では、河太郎さんが突然いなくなったそうです」

「どこからいなくなったのですか」

「おようさんの知り合いの家です」

「誰かに連れ去られたということですか。河太郎さんの傷ではあまり無理出来ませんから」

「そうでしょうね。ですから、連れ去った者はもう一度、宇津木先生に治療を頼んだのではないかと思ったのですが」

「でも、妙ですね」

新吾は深呼吸をして気持ちを落ち着かせてから、

「おようさんがつきっきりでいたのに、どうやって連れ去ったのでしょうか」

「ずっとつきっきりでいたわけではありませんから」

「居場所を知られていたということになりますが、どうして河太郎さんの居場所を知ったのでしょうか」

「それはわかりません」

香右衛門は首を横に振る。

「河太郎さんを連れ去った者とは誰なんですか」

「わかりません」

「おようさんはなんと？」

「おようさんも困惑しています」

おようは妹ではないと河太郎は言っていた。が、そのことを口にすれば、新吾が河太郎とつるんでいることに気づかれてしまう。

「そもそも、河太郎さんは何者なのですか」

「私も詳しいことはわかりません」

「でも、おようさんを介して付き合いはあったのですね」

「付き合いというほどでもありませんが」

「新大橋の近くでひと殺しがありました。その際、腹を押さえた男が『西国屋』の裏手に逃げたそうです」

「……」

「その男を、同心の津久井半兵衛さまは追っていました。津久井さまが『西国屋』に目をつけたと知って、香右衛門さんはあわてて河太郎さんを『西国屋』から連れ出した。その場所はこの近くですね」

新吾はさらに続ける。

「私は一度、その新しい場所におようさんに導かれて行きました。河太郎さんは離れの部屋で寝ていました。その場所も見つかりそうになり、香右衛門さんがまた別の場所に移したのではないのですか」

新吾はあえてそう言った。

「いえ、私はあくまでもおようさんに頼まれて動いただけです。しかし、移った場所から河太郎さんがいなくなったのは私やおようさんも知らないこと」

「おようさんについては妙なことがあります。さっきも話しましたが、一度、私を新しい隠れ家に呼んだのに、その後すぐに私を拒絶しました。なぜでしょうか」

「さあ」

「私は、おようさんが私が松江藩のお抱え医師だということを気にして遠ざけたのかと思っていました。でも、お抱え医師だということが、おようさんにとって何かの障害になるとは思えません」

「……」

「香右衛門さん。おようさんに会わせていただけませんか」

新吾は訴えるように言う。

香右衛門は新吾の顔を見つめ、

「宇津木先生。じつは、河太郎さんは自ら逃げだしたようなのです」

と、厳しい顔で言った。

「なぜ、逃げたのですか」

「わかりません。おようさんの厳しい看病に嫌気がさしたのかもしれません」

「そんなことで逃げるでしょうか。傷が化膿して命取りになってしまうかもしれないのです」

「そこらへんのことはおようさんからお聞きください。宇津木先生を訪ねるように伝えておきます」

香右衛門はそう言い、

「もし、河太郎さんの行方がわかったら教えてください。そうしたら、上島漠泉どのの返り咲きに力をお貸ししましょう」

取り引きだと、新吾は思った。

憤然とした思いで、新吾は『西国屋』をあとにした。

その日の夕方、新吾は永代橋を渡って、常盤町の幻宗の施療院に行った。

出迎えたのは見習いの若い男だ。最近、何人か見習いが入ってきている。

「先生はまだ治療中です」

見習いが言う。

「では、入院患者の部屋に」

新吾は先に河太郎に会っておこうとした。

河太郎の寝ている部屋に行くと、河太郎は安らかな寝息で寝ていた。新吾はしばらく様子を窺ったが、だいぶよくなっているようだ。河太郎の強靭な体に改めて驚かされた。

腰を上げようとしたとき、河太郎が目を開けた。

「宇津木先生」

「どうです、痛みは？」

「動くと感じますが、じっとしているぶんにはなんともありません」

河太郎ははっきりした口調で言った。声にも力が籠っている。

「倉吉さんは？」

「用心してここに近づかないようにしています。あとをつけられることを恐れているんです」

「そうですか。何か倉吉さんに伝えることがあれば、私が会いに行ってみますが」

「ありがとうございます。でも、何もありません」

「そうですか」

新吾は迷ってから、

「ちょっとお訊ねしてよろしいですか」

と、口にした。

「……」

河太郎は身構えるように硬い表情になった。

「おようさんとはどのような間柄なのですか」

「知らないのです」

「えっ？」

「あの女、知りません。『西国屋』の知り合いだと思います」

「……」

新吾は戸惑いを覚えた。

「『西国屋』はあなたの味方ではないのですか。いったい、『西国屋』と何があったのですか」

「……」

河太郎は押し黙った。

「すみません。よけいなことをきいてしまったようですね」

新吾は謝り、

「余計なことを考えず、治療に専念してください」

「すみません」

河太郎は目を伏せた。

新吾は部屋を出て、幻宗のところに行った。

幻宗は治療を終え、縁側のいつもの場所で茶碗酒を呑んでいた。

「先生。今、河太郎さんに会ってきました。だいぶ顔色もよくなって」

新吾は礼を言う。

「感心なことに、ずっと安静にしている」

幻宗は答えた。

「倉吉さんはここに来ないようにしているそうですね」

「用心しているのだろう」

幻宗が答えてから、

「ただ、おしんが今日の昼間、不審な男がやって来たと言っていた」

「不審な男？」

「腹痛がすると言ってやって来たそうだ。大広間に招じ、順番になって呼びに行ったら、その男はいなかったそうだ」

「まさか」

新吾ははっとした。

「いや、河太郎のところに行った様子はなかったそうだが……」

「どんな男だったのでしょうか」

「三十前後の険しい顔の男だったそうだ」

「やはり、河太郎の様子を探りに来たのでしょうか」

「わからぬが、念のために用心はしておく」

幻宗は厳しい顔で言う。

新吾は不安を覚えた。河太郎のことをほとんど知らないのだ。ただ、わかっているのは、何らかの事件の渦中にいるということだ。津久井さまの件がありますし」

「この先、どうするべきか迷っています。下手人かもしれない男のこと
新吾は正直に言う。

「津久井さまは新大橋近くでの殺しを探索しています。下手人かもしれない男のことを黙っていて……」

「我らの前では、ひとりの患者だ。下手人かもしれないと考えるのは、患者でなくなってからのことだ」

幻宗の言い方には微塵《みじん》の迷いもなかった。だが、それは抜け荷に絡んでいるという話を封じ込めるためではないかという疑いも芽生えた。

幻宗はなんらかの形で抜け荷に関わっているのではないか。施療院を支える元手の出所と関連づけて考えてしまう。

新吾は最後にもう一度、河太郎のところに行ったが、眠っているようなので、そのまま引き上げた。

翌朝、新吾は松江藩の上屋敷に到着し、御殿の詰所に入ってほどなく、若い男の声がして襖が開いた。潤斎の弟子だった、

「失礼いたします。宇津木先生、花村潤斎先生がお呼びです」

「わかりました」

新吾は立ち上がった。

隣の近習医の詰所に行くと、潤斎が待っていた。

「まあ、座りなさい」

「はい」

新吾は潤斎の前に腰を下ろした。

だが、潤斎はなかなか口を開こうとしなかった。

「潤斎さま。何か」

新吾は促すように言った。

「うむ」

やっと、潤斎は口を開いた。

「そなたは村松幻宗どのと親しいようだな」

「はい」

いきなり幻宗の名が出て戸惑いながら、

「私が師と仰ぐお方です」

と、応じた。

「幻宗どのは以前、松江藩のお抱え医師であったと」

「はい。それが何か」

「いや。なぜ、お抱え医師を辞めさせられたのかご存じか」

「藩の混乱に巻き込まれたからだと伺っています」

松江藩では、相続問題で御家騒動が勃発した。その煽りを受けて、辞めることになったのだ。

「幻宗どのの施療院は患者から金をとらないそうだな」

「はい。貧富に拘らず、お金をとりません。金持ちだろうが、貧しい者だろうが、同じ患者として分け隔てなく療治に当たっています」

「どこからか金を得ているから出来るのであろう」

「はい」

「どこから得ているのだ？」

「はっきりしたことはわかりませんが、幻宗先生はどこかに薬草園をお持ちのようです。そこからの上がりが元手になっているのではないかと」

「薬草園をな」

潤斎は頷いた。

「おそらく、そこで高麗人参の栽培もしているのだろう」

「高麗人参ですか」

「そうだ。そなたは知っているか。松江藩で高麗人参の栽培をしていることを?」

「いえ、初耳です」

新吾は答えた。

「松江藩はそれで藩財政が豊かになっているのだ」

潤斎は鋭い目を向け、

「幻宗どのはお抱え医師を辞めたあと、松江に行き、高麗人参の栽培方法を身につけたのではないか。高麗人参は高値で売れるからな。幻宗どのの薬草園がどのくらいの大きさかわからないが、大がかりに高麗人参を栽培していれば、施療院を保つぐらいの儲けはあるだろう」

新吾は衝撃を受けた。

「今のお話はどなたからお聞きに?」

「幻宗どののことはわしの想像だ。もれ聞いた話だが、幻宗どのは『西国屋』とかなり親しかったそうではないか」

「今、なんと？」

「『西国屋』との仲だ」

「そんなはずはありません」

新吾はあわてて否定した。

「訊ねなかったからではないか。お抱え医師を辞めたあと、『西国屋』の縁で松江に行き、向こうの本店で世話になりながら栽培法を学んだのだろう」

「……」

「しかし、『西国屋』との仲はともかく、高麗人参の栽培の話をしないのはなぜであろうな。別に隠すようなことではないと思うが」

潤斎は首を傾げた。

「潤斎さま。なぜ、幻宗先生のことをお話しに？」

「高野長英からそなたのことを聞いて興味を覚えてな。それで、いろいろ調べさせてもらったのだ」

「長英さま」

「前も言ったように、わしは高野長英とは少し考えが違う。それで、あの者といっしょには動かないが。まだ、そなたのことでは知っていることがある。岳父は表御番医だった上島漢泉どのだそうではないか」

「……」

「シーボルト事件に巻き込まれた不運に同情を禁じ得ない。やはり、本人は元のようになりたいだろうな」

「いえ、今は町医者として楽しく暮らしています」

「本心か」

潤斎は口元を歪め、

「一度味わった栄華はなかなか諦められぬと思うが」

なぜ、潤斎まで漢泉の話をし出したのか。

そのことを問おうとしたが、潤斎は話題を変えた。

「そうそう、そなたは間宮林蔵どのと親しいという話を聞いたが?」

「いえ、親しいわけではありません。顔を合わせれば、挨拶をする程度です。私のほうからお会いしに行ったことはありません」

「なるほど」

「潤斎さまはなぜ、間宮さまのことをお気になさるのですか」

「いや、ついでだ。わしはそなたのことを知るために付き合いのある人物についてきいてみただけだ」

新吾は少し考えてから、

「潤斎さまは、『西国屋』の主人香右衛門さんとはお知り合いですか」

と、きいた。

「いや、知らない。ただ」

潤斎は目を細め、

「わしが師事しているお方が幕府の奥医師桂川甫賢さまの弟子でな。その師が『西国屋』の主人と親しい」

と、話した。

「長くなった。もうよい」

潤斎は切り上げるように言った。

いろいろきいてみたいことがあったが、肝心なことは答えてくれないだろうと思い、新吾は頭を下げてから腰を上げた。


昼になって、新吾は上屋敷を出て、日本橋小舟町の家に向かった。

浜町堀に差しかかったとき、浜町河岸からやって来た津久井半兵衛と出会った。

新吾は会釈をしてから、

「浜町河岸で殺された男の身許はわかったのですか」

「わかりました。神田三河町《かんだみかわ》に住む伝吉《でんきち》という男です。渡り奉公をしている男です」

「下手人は？」

「まだわかりません。浜町河岸の近くにある武家屋敷で行われていた賭場《とば》によく出入りをしていたようですから、おそらく賭場でのいざこざに巻き込まれたか」

倉吉の仕業ではないようだと安心した。

「新大橋のほうは？」

「不思議なことに、いまだに身許がわかりません」

「……」

「腹を刺された男のことは？」

「それも……」

半兵衛は首を横に振った。

「やはり、ホトケは江戸者ではないようですね」

新吾は言う。

「ええ、上州《じょうしゅう》、信州《しんしゅう》あたりから江戸に来た者と見当をつけて調べましたが、まだ手応えはありません」

「そうですか」

西のほうだと口に出かかったが、新吾は声を呑んだ。

「では」

半兵衛は会釈をして離れて行った。

新吾はその場に立って堀の水を見ながら、河太郎のことに思いを馳せた。

河太郎は『西国屋』の本店が放った刺客だと思っていた。荷を盗んだ男を追いかけてきて、新大橋の近くで殺した。そのとき、相手に腹部を刺された。腹を押さえながら米沢町の『西国屋』に逃げ込んだ。

奉行所の手が伸びるのを察した『西国屋』の香右衛門は近くの商家の離れに匿った。それなのに、河太郎は離れから逃げだしたのだ。

今まで、勘違いしていたのかもしれない。河太郎は『西国屋』の手の者と思っていたが、違ったようだ。

新大橋で殺された男のほうが『西国屋』の手の者だったのか。しかし、それならなぜホトケのために名乗り出ないのか。秘密が明らかになることを恐れてのことか。

新吾はもろもろ考えたが、もうひとつの可能性に辿り着いた。

殺された男と河太郎は仲間だ。つまり、河太郎は松江から江戸にやって来たのだ。だが、追手にみつかり襲われた。ひとりは殺され、河太郎は腹を刺されながら逃げた。その姿を辻番所の番人が見ていたが、追いかけている男のことは見逃したのだ。河太郎は『西国屋』に逃げ込んだのではなく、つかまって『西国屋』に連れ込まれたのではないか。

なぜ、追手は河太郎を殺さなかったのか。それだけでなく、『西国屋』の奥座敷で養生をさせていた。

追手は河太郎に死なれてはまずいことがあったのかもしれない。河太郎から何かをきき出すか、河太郎が隠しているものを奪いたいためか。

新吾はもろもろの思いを振り払った。

よけいなことに首を突っ込むなと、幻宗の声が聞こえたような気がして、急いで小舟町の家に帰った。

第三章　一万両の強請

一

ふつか後の夕方、新吾は日本橋小舟町の家を出た。

永代橋の真ん中辺りで数人のひとたちが欄干《らんかん》に寄って夕焼けに染まる富士を眺めていた。新吾も欄干に向かった。

富士を見るふうを装い、新吾は今やって来たほうに目を向けた。家を出たときから、つけている者がいたのだ。

橋を行き交うひとは多く、尾行者はわからなかった。

新吾はそのまま先を急いだ。橋を渡り切り、佐賀《さが》町のほうに曲がった。やはり、つけてくる。遊び人ふうの男だ。

仙台堀を越え、武家屋敷を過ぎて右に曲がり、すぐさま塀際に立っている銀杏《いちょう》の樹の陰に隠れた。

男が曲がってきた。あわてたように小走りになった。三十過ぎと思える細身の鋭い顔つきの男だ。

少し先に行ってから、男は焦ったように戻ってきた。

新吾は男の前に出て行った。男はあわてて立ち止まった。

「何か用ですか」

新吾は問い質した。

「いえ、なんでもありません」

男はとぼけて脇をすり抜けようとした。改めて、男の顔を見て、どこかで会ったことがあると思った。

「『西国屋』でお会いしましたね」

河太郎が臥せっている部屋の前にいた男だ。

「いえ、ひと違いで」

男は一目散《いちもくさん》に逃げて行った。香右衛門は新吾が河太郎の居場所を知っていると思ってあとをつけさせたのだろう。

男が来た道を戻ったのを確かめて、新吾は改めて先を急いだ。

幻宗の施療院に着いた。幻宗はまだ患者の治療をしていた。新吾は河太郎のところに行った。

河太郎は目を開けていた。

「宇津木先生」

「どうです？」

「ええ。もう痛みはありません」

「そうですか。でも、まだ無理は出来ません」

「へえ」

河太郎は素直に応じてから、

「宇津木先生はなぜ、あっしにこれほどまで親切にしてくれるんですかえ」

と、きいた。

「私の患者ですから。もっとも今は幻宗先生に手当てをしてもらっていますが」

「あっしが何者か、ご存じですかえ」

「いいえ、知りません。その傷がどうしたのかもわかりません。ただ」

新吾は続けた。

「あなたが怪我をした頃、新大橋の近くで男が殺されて、腹を押さえた男が『西国屋』のほうに逃げて行ったという話を、八丁堀の同心から聞きました」

「……」

「でも、それがあなたとどう関わっているのかは、私には関係ありません。私は、ただ傷を治すことだけが役目です」

「先生」

河太郎は声を出した。

「あっしは殺しちゃいません」

「わかっています」

「あっしは……」

河太郎は言いさした。

「すまねえ。今は何も」

「いいんです。今は、よけいなことを考えず、傷を治すことに専心してください」

「へい」

「ただ、ここに来るとき、あとをつけられました。河太郎さんを捜しているのかもしれません」

「どんな男でしたか」

「三十過ぎの細身で鋭い顔つきの男です」

「……」

「もし、私に出来ることがあれば仰ってください」

「すみません」

「倉吉さんは？」

「へえ、昨夜、顔を出しました」

「そうですか」

「では、私は」

そう言い、新吾は立ち上がった。

ちょうど幻宗も最後の治療を終えたところだった。

幻宗がいつもの縁側に腰を下ろすのを待って、新吾は近づいた。

「先生、お邪魔《じゃま》しています」

「うむ」

新吾は腰を下ろした。

おしんが湯呑みに酒を注いで運んできた。

新吾がどう切りだそうか迷っていると、幻宗が先に言った。

「何だ？　遠慮なく言ってみろ」

「はい」

新吾は大きく息を吐き、

「先生は『西国屋』とかなり親しかったとお聞きしました。ほんとうでしょうか」

と、思い切って口にした。

「誰からきいたのだ？」

「近習医の花村潤斎さまです」

新吾は続けた。

「先生はお抱え医師を辞めたあと、松江藩に行き、高麗人参の栽培方法を身につけたのではないかと仰っておいでした。大がかりに高麗人参を栽培しているのではないかと。もっとも、潤斎さまは自分の想像だと断っていましたが」

「……」

「先生、いかがでしょうか」

「昔のことだ」

「『西国屋』は抜け荷をしているのですか」

「なぜ、そんなことをきく？」

「河太郎さんがそのことで『西国屋』に追われているようだからです。きょうもここに来るとき、私は尾行されました。相手は『西国屋』で見かけた男でした」

「……」

「河太郎さんの傷が癒えても、また誰かに狙われることは目に見えています。何か手が打てれば……」

「やはり、そなたは巻き込まれてしまったようだな」

幻宗はため息混じりに言う。

「やはり、『西国屋』は抜け荷を？」

「おそらくな」

幻宗は言った、

「先生は前々からご存じだったのですか」

「松江に行ったときのことだ。栽培している高麗人参が二年前に起こった水害の影響でその年も不作だった。ところが、その年も将軍家に高麗人参をきちんと納めたのだ。その話を聞いて不思議に思った。栽培が出来なかったのに、なぜか。『西国屋』の主人は蔵に保存していたものを放出したというが、わしは蔵が空だったのを知っていた。

『西国屋』は海運業も兼ねている。そんなことから抜け荷を疑ったが、証があるわけではない」

「ひょっとして、間宮林蔵さまは抜け荷の件を調べているのでしょうか」

「そうだ。わしが松江にいたとき、何度か姿を見かけた。調べていたのだろう。一度、わしの前に現われた。だが、証がないので、わからないと答えた」

「そうでしたか。高麗人参の栽培の件は？」

「そのとおりだ。わしの薬草園で高麗人参を栽培している。高麗人参だけでなく、ケシもある」

「やはり、ケシも」

新吾は呟く。

「それ以上のことはそなたにでも言えぬ」

幻宗は厳しい顔で言った。

「薬草園を営んでいくにはたくさんの人手がいるのではありませんか。先生はまったくそのことに携わっているようには思えませんが」

新吾はきいた。

「ある薬種問屋と組んでいる」

「薬種問屋？」

「そこが薬草園を取り仕切っている。その上がりの一部がわしに入ってくる仕組みになっている。それ以上の詳しいことは言えぬ」

幻宗はきっぱりと言った。

「わかりました。おかげで長年の疑問が解消しました」

薬種問屋がどこか、どうやって薬種問屋の主人と手を組むことになったのか。さらに、高麗人参やケシの栽培を勝手にやっていいものなのか。

そういった疑問はあるが、幻宗が抜け荷に関わっていないことで、新吾はすっきりした気持ちになった。

「河太郎は松江に住んでいたようだ」

「松江ですか」

「うむ。鎌をかけてみた。高麗人参の栽培のことを知っているようだった」

「やはり、河太郎さんに倉吉さん、それに殺された男の三人は松江から江戸に出てきたのですね」

「そうかもしれぬ」

「座礁した船から落ちた荷から高麗人参を盗んだのは河太郎さんら三人ということで

しょうか。だから『西国屋』の追手に……」

「そこがわからぬ。追手が新大橋の近くで三人に追いついたというのも考えづらい」

「間宮さまの話では、深川に盗品を買い取ってくれるところがあるということですが」

「……」

幻宗は考え込んだ。

が、しばらくして口を開いた。

「河太郎のことは考えても仕方ない。津久井どののほうの探索も進んでいるだろう。河太郎の傷が癒えたら、津久井どのと話してみる」

「わかりました」

新吾は別れの挨拶をして腰を上げた。

新吾は来た道を戻った。

月影がさやかだった。小名木川に沿って大川のほうに歩いていると、前方でひとの争っている声がした。

黒い影が動いた。新吾は駆け寄った。

ひとりの男を三人の浪人が囲んでいた。

「何をしているのですか」

新吾は一喝した。

三人が振り向いた。

「なんだ、おめえは？　医者のようだな。なんでもない。早く行け」

大柄な浪人が嗄《しわが》れ声で言う。

新吾は囲まれていた男を見て、あっと声を上げた。

「倉吉さん」

「宇津木先生」

倉吉が叫んだ。

「このひとたちは何者ですか」

「邪魔だ」

髭面《ひげづら》の浪人が迫ってきた。近づくと、抜き打ちに斬りつけてきた。新吾は右に避けた。すぐさま相手は、こんどは剣を横に薙《な》いだ。新吾は後ろに下がって刃先を避ける。

「おのれ」

髭面は上段から斬りかかった。新吾は素早く踏み込んで、振り下ろされた相手の腕を摑み、足をかけた。

髭面は尻から落ちて仰向けになった。

「俺が相手だ」

大柄な浪人が剣を正眼《せいがん》に構えた。

新吾は無手《むて》で対峙《たいじ》する。相手は慎重になっていた。じりじり間合を詰めてくる。新吾は自然体で立った。

相手の動きが止まった。

「どうしたんだ、さっさと殺《や》れ」

もうひとりの細身の浪人がけしかけた。だが、大柄な浪人は動かない。

「こいつ、ただ者ではない」

大柄な浪人がやっと声を出した。

「ちっ、俺が」

細身の浪人が小柄《こづか》を新吾に向かって投げた。新吾は身を翻して避ける。

「覚悟」

細身の浪人は抜刀し、強引に斬り込んできた。新吾は腰を落とし、剣の下をかいくぐり相手の鳩尾《みぞおち》に当て身を食わせた。

細身の浪人はその場にくずおれた。

大柄な浪人はまだ正眼に構えていたが、戦意を喪失していた。

「あなたたちは何者ですか」

「……」

大柄な浪人はあとずさった。

「起きろ」

髭面の浪人と当て身を受けた細身の浪人が腹を押さえて立ち上がった。

「行くぞ」

「待ちなさい」

新吾は声をかけた。

「なぜ、このひとを襲ったのか」

「俺たちは金で雇われただけだ」

「『西国屋』か」

「違う」

「誰ですか」

「侍だ」

「侍？」

新吾は浪人に迫った。

「嘘ではないでしょうね」

「ほんとうだ。頭巾で顔を隠していた」

そう言うや、三人は逃げだした。

「宇津木先生、助かりました」

「倉吉さん。何か心当たりは？」

「いえ」

倉吉は否定したが、微かに目をそらした。

「今の浪人はどうしてあなたを見つけることが出来たのでしょうか。あなたのあとをつけてきたのだとしても、どうしてあなたの居場所を知ったのでしょうか」

新吾は疑問を呈した。

「わかりません」

倉吉は首を横に振る。

「さっきの浪人に以前に会ったことは？」

「はじめてです」

倉吉は首を傾げながら言う。

「これから、河太郎さんのところですか」

「そうです。ちょっと話がありまして」

倉吉は言い、会釈をして新吾の前を離れて行った。

倉吉が何を隠しているのか、深く詮索すべきではないと、新吾は思い留まり、帰途についた。

二

翌朝は青い空が広がっていた。本町《ほんちょう》通りには日陰がなく、まともに強い陽射しを受け、しばらく歩くうちに額に汗が滲んでいた。

小舟町の家を出て浜町河岸に差しかかった。陽光を浴びて、饅頭笠に裁っ着け袴の侍が立っていた。間宮林蔵だ。

「待っていた」

林蔵が近寄ってきた。

「昨夜、河太郎が幻宗の施療院からいなくなった」

「まさか」

「ほんとうだ。倉吉という男がやって来た。そのとき示し合わせたのだろう。夜中に抜け出た」

「間宮さまは河太郎が幻宗先生のところにいるのをご存じだったのですか」

「そなたが河太郎をかくまっていると睨んでいた。そなたの動きを追っていると、最近は幻宗のところに行く回数が増えた」

「そうですか。見抜かれていましたか」

新吾はため息をついた。

「向こうへ」

橋の袂から浜町河岸のほうに行く。

「先日、ここで殺しがあった」

「殺されたのは神田三河町に住む伝吉という男だそうですね。この近くの賭場に出入りをしていたとか」

「うむ」

「間宮さまはご存じなのですか」

「わしが密偵として使っていた男だ」

「なんですって」

新吾は思わず声を上げた。

「河太郎を捜すために倉吉の動きを追わせていた」

「では、倉吉が伝吉を？」

「いや、違う」

「間宮さま。いったい、どういうことなんですか」

「河太郎を捕まえてからだ」

林蔵は鋭く言い、

「河太郎の傷は癒えたのか」

「いえ。まだ、それほど無理は出来ません」

「ならば、またそなたに往診を依頼するであろう。河太郎に会わせてもらいたい」

「私は傷を治すことが仕事です。河太郎さんが了承すれば構いませんが、独断で会わせることは出来ません」

「あの男は高麗人参を盗んだのだ」

「申し訳ありません。私にはそのことはわかりません」

「はっきり言おう。河太郎たちは抜け荷の品を『西国屋』に高く買い取らせようとしているのだ」

「『西国屋』の本店から盗んだものを江戸店の香右衛門にですか」

「そうだ。買い取らねば抜け荷の証の品を公儀隠密に渡す。そう威して金を巻き上げようとしているのだ」

「……」

「香右衛門と取り引きをする前に河太郎を捜し出し、抜け荷の証を手に入れたいのだ」

「河太郎さんが証の品物を持っているのですか」

「そうだ」

「もし、その証を手に入れたら、間宮さまはどうなさるのですか」

「当然、老中に報告をする」

「抜け荷の事実が明らかになったら、松江藩はどうなりましょうか」

「藩主がどこまで知っていたかだ。おそらく、家老の誰かが罪を一身にかぶって、嘉明公をかばうだろう。だが、それでも御家の危機に瀕する」

「間宮さまは以前から松江藩の抜け荷を調べていたのですか」

「そうだ」

「何年もかけてですか」

「五年前、わしは松江藩と『西国屋』がつるんで抜け荷をしていることを突き止めた。そこで、大坂町奉行所に知らせた。直ちに大坂町奉行所は動きだした。ところが、ひと月後に奉行所は探索を諦めた」

「なぜ、ですか」

「上からの命令だ」

「妨害が入ったのですか」

「表向きは抜け荷の証はなかったということだが、実際は鶴の一声だ」

「なぜ、ですか」

「松江藩と『西国屋』は幕閣に付け届けをしていたのだ。情けないことに、当時の老中は金に弱かったということだ」

「そのときの悔しい思いから……」

「これ以上、『西国屋』を逃さぬ。抜け荷は天下の御法度《ごはっと》だ。河太郎を捜し出したいのだ。手を貸してもらいたい」

「お気持ちはわかりますが、河太郎さんは私の患者でしかありません。私が河太郎さんのやろうとしていることを邪魔するわけには……。それに、私は松江藩のお抱え医師です。松江藩に不利な真似は出来ません」

「抜け荷の一味に肩入れをするのか」

「いえ、私はどちらにも与《くみ》しません」

「正義のためでもか」

「私にはその判断は出来かねます。それに、正義のためであれば、同心の津久井さまに事情をお話ししなければならなくなります」

「……」

「私はあくまでも医者です。医者としての本分を果たすだけです」

「まるで幻宗と話しているようだ」

林蔵は顔をしかめた。

「ともかく、医者の本分を言うなら、患者である河太郎の居場所だけは押さえておいてもらおう」

そう言い、林蔵は新吾の前から立ち去った。

新吾は上屋敷に急いだ。

昼過ぎに、上屋敷から小舟町の家に帰った。『西国屋』の半纏を着た男が軒下の日陰に立っていた。

「宇津木先生、また大旦那の往診をお願いにあがりました」

『西国屋』の奉公人だ。

往診は口実だということはわかっていたが、すぐ伺いますと応じた。

いったん家に入り、香保に断って、薬籠を自分で持ってひとりで出かけた。『西国屋』に着き、大旦那に形ばかりの診察をし、別間で香右衛門と差し向かいになった。

「昨夜はうちの若い者が失礼をいたしました」

あとをつけてきた男のことを言っているのだ。

「どうしても、河太郎の居場所を知りたかったのです」

「なぜ、私が知っていると？」

「柳橋の船宿から小名木川の高橋まで、宇津木先生の計らいで河太郎と倉吉が船に乗ったことがわかりました」

香右衛門はにこやかに言う。

「どうやら、河太郎は幻宗どのの施療院に厄介《やっかい》になっていたようですね」

「香右衛門さんは幻宗先生をご存じだとか」

「ええ、幻宗どのがお抱え医師の頃からの付き合いになります。もっとも最近はご無沙汰で、深川で施療院をはじめていたことは知りませんでした」

「香右衛門さんのつてで、松江の高麗人参の栽培所に行ったとか」

「そうでした。幻宗どのは覚えていてくれましたか」

香右衛門は笑みを湛え、

「幻宗どのは何事にも興味をお持ちになって」

「そうです。先生は教えを乞うためならどこにでも出かけて行ったようです。本店の船で、南蛮のほうにも行ったようです」

「やはり、南蛮にも……」

幻宗は紀伊の医者華岡清洲が作った『通仙散』という麻酔剤の製法の教えを請いに紀州まで行っている。幻宗は南蛮にも行って薬草を求めてきたのだ。その中にケシの実もあったのであろう。

「おわかりですか。本店の船は独自で交易を行っているのです」

「抜け荷ですね」

「まあ、そうなりましょうか。幻宗どのもその抜け荷のための船で南蛮に行ったのでしょう」

「……」

「宇津木先生もお気付きのように、松江藩は『西国屋』と組んで抜け荷をしています」

「そうでしたか。今も続けているのですか」

「儲けは大きいですからね」

「しかし、見つかったらたいへんなことになりましょう」

「ええ」

香右衛門は顔をしかめた。

「それより、幻宗どのはお元気なようですね。その後は、会うこともなくなりましたが、こういう形で、幻宗どのの消息をお聞きするとは思いませんでした」

香右衛門は口元に笑みを湛えた。

「私も幻宗先生について知らなかったことを知ることが出来ました」

「ところで」

香右衛門は再び厳しい顔になって、

「河太郎は幻宗どのの施療院から逃げだしたそうですね」

と、きいた。

「私はまだ確かめていませんが……」

新吾は正直に答える。

「河太郎の傷はどうなのですか」

「まだ、完全には癒えてはいません」

「すると、また宇津木先生を頼ることになりましょう」

香右衛門は林蔵と同じことを言った。

「さあ、どうでしょうか」

「もし、河太郎と会ったら取り引きに応じると伝えていただけませんか」

「取り引きとは？」

「宇津木先生にどこまで話していいものやら」

香右衛門は曖昧に笑い、

「松江藩のお抱え医師であるからには松江藩の味方と考えていいのか、少なくとも松江藩を貶める真似はしないと信じていますが」

「私は医者です。病人の治療をするのが役目。それ以外のことには関わらないようにしています」

「しかし、宇津木先生は公儀隠密の間宮林蔵と親しい間柄だと？」

「間宮さまはときたま私の前に現われ、いろいろなことを教えてくれますが、間宮さまとも近しい間柄ではありません」

「そうですか」

香右衛門は腕組みをした。

「香右衛門さん。私はしいて何が起こっているのかを知りたいとは思いません。よけいなことに首を突っ込みたくないというのが本音ですから」

「……」

香右衛門はまじまじと新吾の顔を見てから、

「わかりました」

と、大きく頷いた。

「私は宇津木先生を身内と考えてお話をしましょう」

「お待ちください。私はどちらの味方にも、またどちらの敵にもなりません」

「いいでしょう。聞いてください」

香右衛門は厳しい表情で口を開いた。

「一月前、河太郎が『西国屋』の店先に現われ、主人に会いたいと言う。たまたま店に出ていた私は河太郎と会いました。そのとき、河太郎は抜け荷の品物と品名書きを持っていると言ったのです。その品名書きには相手から手に入れた品々が記されていました」

香右衛門はため息をつき、

「河太郎は一千両で買い取ってくれと。もし、拒めば奉行所に持ち込むと威してきました」

「抜け荷の証となる品に一千両ですか」

新吾は感嘆した。

「脅迫だ」

香右衛門は忌ま忌ましげに言う。

「そのとき、河太郎は証の品を持っていたのですか」

「いいえ、そのときは手ぶらでした。あるところに隠してあると言うのです」

「すぐ信じたのですか」

「信じました。というのも、今年の春に、『西国屋』の北前船が座礁し、積荷がいくつか荒れた海に放り出されました。その混乱の中で、高麗人参と抜け荷の品名書きが盗まれたと、本店のほうから知らせが届いていたのです」

「船から盗まれたというのですか」

「そうです。河太郎は水夫です」

「そうですか。船頭でしたか」

だから、強靭な体をしていたのだと思った。

それより、間宮林蔵は流れ着いた荷が盗まれたと言っていたが、実際は船から盗まれたものだったのだ。

「それから数日後に、河太郎がやって来て、具体的な話し合いをしました。だが、河太郎の要求はべらぼうだったので、なかなかまとまらなかったのです」

香右衛門は眉根を寄せ、

「三度目の夜、裏口から入ってくるように伝えてあったところ、河太郎は腹を刺されて駆け込んできたのです」

「香右衛門さんが襲わせたのではなかったのですね」

新吾は確かめた。

「私が襲わせたなら、河太郎を助けたりしません」

「そうですね」

「河太郎を部屋に上げて手当てをしました。なにしろ、抜け荷の証を持っている男ですからむげにするわけにはいきません。河太郎は、ここに来る途中に何者かに襲われ、仲間がひとり殺され、自分は命からがらここまで逃げてきたということでした」

「倉吉というひとはいっしょではなかったんですね」

「ふたりでやって来たそうです。倉吉は抜け荷の証の見守りをしていたのでしょう」

「襲ってきた相手はわからないのですね」

「そうです」

「いったい、何者なのでしょうか」

「さあ」

香右衛門は首を傾げたが、

「河太郎はうちで看病されながらも、まだ一千両の取り引きを忘れていませんでした。怪我をしても挫けない心の強さに感心をしましたが、ひょっとして背後に誰かがいるのではないかと思いました」

「背後に？」

「河太郎たちだけで、これだけの要求が出来るとは思えません」

「相手は三人だけでなく、もうひとりいるというのですね」

「勘ですが。そうだとすると厄介です。河太郎はたんなる使いっぱしりかもしれないのです」

香右衛門は真剣な眼差しで、

「宇津木先生。どうか、河太郎の呼び出しがあったらぜひ教えてもらいたいのです」

「……」

新吾は困惑したが、

「河太郎は一千両の取り引きを持ち掛けているのですから、香右衛門さんのほうにまた連絡が来るのではありませんか」

「まあ、そうですが」

香右衛門は眉根を寄せ、

「ただ、気になることが」

「なんでしょうか」

「河太郎を襲った賊のことです。抜け荷の証を横取りしようとする一味がいるのではないかと……」

「別の一味ですか」

新吾は呟いたあと、ふと疑問を口にした。

「河太郎は『西国屋』さんにいたほうが安全だったはずです、それなのに、なぜ逃げたのでしょうか」

「やはり、脅迫相手のところでは落ち着かなかったのでしょう」

「おようさんはどういうお方ですか」

新吾は河太郎の看病をしていたおようを思いだした。

「もしかしたら、宇津木先生は上屋敷で顔を合せているかもしれませんよ」

「上屋敷？　では、おようさんは上屋敷から？」

「そうです。家老の宇部治兵衛さまから河太郎の見張りに遣わされた女子《おなご》です」

「宇部さまが……」

「『西国屋』だけの問題ではなく、松江藩多岐川家の存亡にも関わることですから」

「では、おようさんは今は上屋敷に戻っているのですね」

「そうだと思います」

なぜ、治兵衛は何も言わなかったのだろうか。

「そうそう、宇津木先生。上島漠泉どのの返り咲きに労を惜しまないつもりです。この危機を乗り越えたら、さっそく動くつもりでおります」

「でも、漠泉さまはその気がないようなことを」

「いえ」

香右衛門は首を横に振り、

「口ではそう言っても本心は違うはずです」

と、笑みを浮かべた。

新吾は曖昧に返事をし、『西国屋』をあとにした。

三

翌朝早く、上屋敷に行き、新吾は家老屋敷を訪れ、宇部治兵衛と客間で向かい合った。

「朝早くに申し訳ありません」

新吾は詫びてから、

「さっそくですが、今『西国屋』で起きていることについてお訊ねしたいのですが」

と、切りだした。

「うむ」

「ご家老は『西国屋』が威されていることをご存じなのですね」

「『西国屋』と我が藩は一蓮托生だ」

治兵衛は厳しい顔で言う。

「やはり、藩も抜け荷に関わっていることを認めるのですね」

「……」

治兵衛から返事はないが、認めたも同然だ。

「ご家老も手を打っているのですか」

「いや。『西国屋』に任せてある。賊はあくまでも『西国屋』を威しているのだからな」

「『西国屋』とは一蓮托生だと仰っておいででした。なのに、『西国屋』に任せっきりでよろしいのでしょうか」

「賊の狙いは一千両だ。『西国屋』には用意するように言ってある」

「取り引きに応じるのですか」

「止むを得まい」

治兵衛は憤然と言う。

「ご家老、無礼な問いかけをお許しください。なぜ、松江藩は抜け荷に手を出したのでしょうか」

「藩は財政難で、大坂の豪商からの借財も膨らむ一方だった。この危機を乗り越えようと、高麗人参の栽培を始めた。何年か経ち、ようやく収穫が出来るようになって、借金の返済も出来るようになった。ところが、天候不順で不作の年が続いた。返済も滞りはじめ、再び危機が訪れようとしていた。そんなとき、亡くなられた次席家老の八田《はった》どのから、海運業の『西国屋』から持ち込まれた抜け荷の話があったのだ。他に財政難を乗り越える手立てはなく、国元も江戸の重役連中もやむなく認めたのだ」

治兵衛は苦しそうに語った。

「御法度ということは頭になかったのですか」

「もちろん、あった。そのための手を打った」

「手とはなんでしょうか」

「うむ」

治兵衛は頷いただけで何も言わなかった。

「間宮さまは松江藩に抜け荷の疑いを抱き、大坂の奉行所に調べるように告げたそうです。でも、探索が中止になったそうです」

「……」

「幕閣に……」

「新吾」

治兵衛は制した。

「藩が生き残るためには仕方なかったのだ。藩財政にゆとりが出来れば、即刻取りやめることになっている」

「今は、高麗人参の栽培で藩の財政は潤っているのではありませんか。抜け荷を続ける意味はないはずでは？」

「そなたの言うとおりだ。やめられるものなら早くやめるべきだった」

治兵衛は目を伏せた。

「お殿さまも承知で」

「うむ」

「今回の件は、ご家老は相手の要求を呑むことで解決を図ろうとしているのですね」

「うむ」

「賊のひとり河太郎という男の看病をしていたおようという女はご家老が遣わせたというのはほんとうですか」

「うむ。おようは徒衆《かちしゅう》の娘でな。武芸に長《た》けている女子だ。奥女中として仕えている」

「河太郎からいろいろきき出す役割を？」

「そうだ」

「仲間のひとりは殺され、河太郎は腹部を負傷しました。一昨夜、仲間の倉吉が三人の浪人に襲われました。この浪人たちは武士から金で頼まれて倉吉を襲ったと白状しました。ご家老はこのことは？」

「わしは知らぬ」

治兵衛は首を横に振った。

「新吾。そなたにも抜け荷の証を取り返すことと、河太郎の背後にいる者の正体をき
き出すことに手を貸してもらいたい」

「ご家老。私は医者です。そこまでするのは医者の任ではありません」

「医者としてではない。松江藩に関わる者として頼むのだ」

新吾は間を置いてから、

「もし、今後、抜け荷をやめるというのであれば、お力になります」

「そのつもりだ」

「他の重役方も同じお考えでしょうか」

「説き伏せる」

「わかりました。そのお言葉、信じたいと思います」

新吾は頭を下げてから立ち上がった。

その日の夕方、新吾は幻宗の施療院に行った。

河太郎が寝ていたふとんは片づけられていた。

「一昨夜、倉吉さんが帰ったあと、しばらくして出て行ったようです。雨戸が開いたままでした」

おしんが深刻そうに言った。

「倉吉さんとどんな話をしていたかわかりませんよね」

「ええ、倉吉さんは常に河太郎さんの耳元で囁《ささや》いていましたから」

襲われたわけを言わなかったが、倉吉は心当たりがあったのではないか。河太郎に危機を話した。

自分たちが誰に狙われているか、ふたりは気付いているのではないか。

「河太郎さんの傷はどうなのでしょうか」

「だいぶよくなっていましたが、無理は出来ないはずです」

おしんは眉根を寄せて言った。

幻宗の診察が終わったようだった。新吾は濡縁に向かった。

幻宗がやって来た。

「河太郎が出て行った」

「一昨夜、私がここから帰る途中、倉吉さんが三人の浪人に襲われていました。私が駆けつけてことなきを得ましたが、もしかしたら、あの三人は倉吉さんを殺したあと、ここを襲撃して河太郎さんまで殺そうとしたのでは……」

倉吉が襲われたことを聞いて、河太郎はここにいることを知られていると思い、逃げたのではないかと、新吾は話した。

「しかし、なぜ、河太郎がここにいることがわかったのか。倉吉は十分に注意していたそうだ」

「それは私の失敗かもしれません。『西国屋』の香右衛門は、私が柳橋の船宿から小名木川の高橋まで河太郎と倉吉を船に乗せたことを調べていました。船宿の女将には内密にと頼んでいたのですが、『西国屋』の香右衛門に問いつめられたら喋《しゃべ》らざるを得なかったのでしょう」

新吾は悔やんだが、

「ただ、一昨夜、ここに来るとき、『西国屋』の手の者に尾行されました。香右衛門は高橋まで河太郎と倉吉を連れて行ったことを突き止めても、ここにいるとまでわかっていなかったのではないかと思います。だから、私のあとをつけさせたのでしょう」

「倉吉を襲ったのは『西国屋』とは別の一味と考えるのが自然だ」

「……」

「ともかく、河太郎の傷が気になる。無理したら、また傷口が開きかねない」

幻宗が厳しい顔で言う。

「河太郎から連絡があるかもしれません、急いで帰ります」

新吾は挨拶をし、幻宗の施療院を出た。

小舟町の家に帰ると、同心の津久井半兵衛が客間で待っていた。

「待たせてもらいました」

半兵衛は会釈をした。

「何かございましたか」

新吾は警戒ぎみにきいた。

「新大橋のホトケの身許がわかりました」

「……」

「松江にある海運業の『西国屋』に雇われている荷役の音松《おとまつ》という男でした」

「どうしてわかったのですか」

「奉行所に文の投げ込みがありました」

「投げ込みですか。他に何か書いてありましたか」

「松江の『西国屋』の船から荷を盗んで逃げたと書いてありました。音松には仲間がいたそうです」

「仲間といいますと？」

「河太郎と倉吉です」

「それで、『西国屋』に確かめに行ったのですが、本店の雇人のことは知らないということでした。それは確かにそうです。荷役の者まで知らないのは当然です」

半兵衛は口にする。

「で、今、『西国屋』の香右衛門が問い合わせの文を認《したた》め、本店に送ってくれることになりました」

「そうですか」

「それから、浜町河岸で殺された伝吉のことですが、博打《ばくち》打ちの仲間がある男を追っているのを見ていたと言っていた」

「ある男とは？」

新吾がきいた。

「わかりません。伝吉が殺された夜、伊勢町堀の近くで、男のあとをつけて行く伝吉を見ていた者がおりました」

「伊勢町堀？」

新吾は警戒した。

半兵衛は身を乗り出し、

「伝吉が追っていった男は小舟町に入っていったそうです。ひょっとして、宇津木先生のところに？」

と、きいた。

新吾ははっとしたが、

「いえ」

と、答えた。

「そうですか」

「それから、妻恋町の『河津屋』という質屋の物置小屋に二晩、怪我をした男が寝泊まりをしていたことがわかりました。その怪我をした男が、新大橋の殺しに関係しているかわかりませんが、今、その男の行方を調べています」

半兵衛は新吾の顔を見つめ、

「宇津木先生は何か思い当たることはありませんか」

と、きいた。

「いえ、ありません」

「そうですか」

「奉行所に文を投げ込んだのは誰なんでしょうか」

新吾はきいた。

「わかりません。もしかしたら、下手人かもしれません」

「下手人が？」

「いつまでも身許が知れないのを不憫《ふびん》に思ってのことです。男の身許を知っているのは下手人ぐらいでしょうから」

「なるほど」

新吾は頷いたが、下手人がそんなことをするとは思えない。間宮林蔵ではないか、と想像した。

自分が使っていた密偵の伝吉が殺されたのだ。林蔵の疑いは『西国屋』に向いているはずだ。

林蔵が『西国屋』に揺さぶりをかけたのかもしれない。そうだとすると、いずれ林蔵は抜け荷のことも密告するかもしれない。

そうなれば、松江藩多岐川家も大きな打撃を受ける。それだけは避けたい。家老の宇部治兵衛から間宮林蔵にすべてを話させ、抜け荷をやめることを条件に林蔵にこれ以上の探索をやめてもらう。

そんなことを考えたが、新吾はすぐに首を横に振った。間宮林蔵はそのようなことで信念を曲げる男ではない。冷酷なまでに事実を突き詰めて行くはずだ。そして、御法度に背いていれば容赦なく断罪するはずだ。

特に、林蔵は一度苦い目に遭っている。松江藩の抜け荷のことを大坂奉行所に知らせたが、幕閣の何者かの指示で探索が中止になったのだ。

そのときの恨みを林蔵は忘れていないのだ。だから、ずっと松江藩を監視してきたのだ。やはり、今度は徹底的にやるかもしれない。

もし、河太郎が持っている抜け荷の品名書きと現物が林蔵の手に入れば、林蔵は奉行所に探索を命じ、大目付にも報告するだろう。

翌朝、新吾は上屋敷に出て、すぐに家老の宇部治兵衛の屋敷に行った。

新吾は客間で、治兵衛が朝餉《あさげ》をとり終えるのを待った。

やがて、治兵衛が入ってきて、目の前に腰を下ろした。

「たびたび早朝からお騒がせして申し訳ありません」

新吾は低頭した。

「何かあったのか」

「例の件で」

新吾は切りだす。

「公儀隠密の間宮林蔵さまがかなりこの件に食い込んでおります」

「……」

治兵衛の顔色が変わった。

「先日、間宮さまの密偵が浜町河岸で殺されました。それだけに、間宮さまは本気になっているようです。過去の苦い経験もあり、かなり燃えているかと思います」

「香右衛門は河太郎と取り引きをするはずだ」

「香右衛門さんは河太郎の背後に誰かいるのではないかと仰っていました。だとしたら、一度の取り引きで済むのかと。いえ、その黒幕の狙いは他にあるのではないかという懸念も……」

「確かに、北前船の水夫三人で今回のことをしでかしたとは思えない。裏で糸を引く者がいるに違いない」

治兵衛は口元を歪めた。

「その人物に心当たりが？」

「当家のことに詳しい者だ。『西国屋』を威すことが当家をも苦しめることを知っている男だ。今、当家を辞めた者を洗い出している」

「そんな何人もいるのですか」

「いや、数は少ない。だから、今、どこでどうしているか、間もなく調べがつく」

「その者が河太郎たちをそそのかしたと？」

「わしはそう睨んでいる。香右衛門には取り引きをするとき、その黒幕の名をきき出すように言ってある。ただ」

治兵衛は暗い顔をした。

「黒幕の狙いが金かどうか」

「どういうことですか」

「当家に恨みを持つものだとしたら、当家を破滅に追い込むことを第一に考えるかもしれぬのだ」

「そんな家臣がいらっしゃるのですか」

「気になる男がいる。家臣ではない、陪臣だ」

「先のお世継ぎ問題を覚えていよう」

「陪臣？」

「はい」

国表の次席家老の八田彦兵衛《ひこべえ》が前藩主嘉孝《よしたか》公の世嗣孝太郎《こうたろう》を藩主にしたいがために、嘉明公を亡き者にしようとした。

孝太郎を産んだ嘉孝公の側室は八田彦兵衛の娘なのだ。死期を悟った嘉孝公は実子の孝太郎をすぐに後継にせず、間に弟の嘉明公を後継に指名した。

嘉明公のあとに孝太郎を藩主にするという約定《やくじょう》が嘉明公と重役たちとの間でかわされ、それで晴れて嘉明公が藩主になったのだ。

だが、嘉明公は重役たちを懐柔し、孝太郎を藩主にするという約定を反故《ほご》にしようとした。我が子を後継にするためではなく、残虐な気質の孝太郎を藩主にすべきではないという理由からだ。

このことを知った八田彦兵衛は嘉明公の毒殺を企てた。だが、企ては失敗し、天誅が加えられた。

毒殺に加担したのは八田彦兵衛の息のかかった用人の戸板半右衛門《といたはんえもん》に近習医の松本《まつもと》典善《てんぜん》だが、戸板半右衛門は隠居し、松本典善は藩医を辞めた。

「あの毒殺騒ぎで、実質処分されたのは八田彦兵衛だけだ。しかし、公には病死ということで、八田家は存続している。八田彦兵衛に戸川源太郎《とがわげんたろう》という子飼いの家来がいた。この男は彦兵衛が死んだあと、八田家の奉公を辞め、行方がわからない」

「戸川源太郎は八田彦兵衛を死に追いやった多岐川家を恨んでいると仰るのですか」

「わからぬが、十分に考えられることだ。源太郎であれば、抜け荷のこともよく知っているからな」

「そうだとすると、金より多岐川家の改易が狙い……」

「うむ」

治兵衛は厳しい顔をし、

「河太郎に一千両を渡したあとに、今度は源太郎が仕掛けてくるかもしれぬ。とはいえ、源太郎が背後にいるかどうかは、まだわからぬ」

ふと、新吾はあることを考え、あっと声を上げた。

「どうした？」

「源太郎の背後に間宮さまがいるとは考えられませんか」

「間宮林蔵が源太郎のことを知っていたとは思えぬ。それに、八田彦兵衛は病死ということになっているのだ」

林蔵はこの屋敷に間者を送りこんでいる。思わず、口について出そうになったが、新吾は言葉を呑んだ。確かな証があるわけではないのだ。

「わかりました、早朝から失礼いたしました」

新吾は会釈をして立ち上がった。


その夜、新吾は順庵の酒の相手をしていた。

順庵はまた新規の大店の往診先が出来たことで、機嫌がよかった。

「まったくもって、お抱え医師という看板の威力はたいしたものだ。新吾のおかげで、わしまでいい思いをさせてもらっている」

そう言ったあとで、

「わしなんか、新吾がいなかったらただの町医者に過ぎない」

と、順庵は自嘲《じちょう》した。

「いえ、義父上は立派な医者です。義父上の人徳もありましょう」

「俺に人徳などあるものか」

「いえ、先日、義父上の患者さんを代わって診たとき、患者さんがいかに義父上に信頼を寄せているかがわかりました。それだけ、義父上が患者さんに寄り添っているからです。私はまだまだ未熟だと思いました」

「何を言うか」

順庵は目を丸くして、

「冗談にしろ、新吾にそう言われるのはうれしいものだ」

と、笑った。

「冗談ではありませんよ。ほんとうにそう思っています」

「……」

「おまえさん、どうしたんですね」

急に俯《うつむ》いて黙り込んでしまった順庵に、義母が声をかけた。

「あら、おまえさん。泣いているのかえ」

「泣いてなんかいるものか。酒がねえ」

そう言い、順庵は徳利を振った。

「もう、十分に呑んでいますよ」

「今夜は気分がいいんだ。もっと呑みたい」

「私が」

香保が立ち上がった。

「すまない」

順庵は言ってから、

「それはそうと漠泉さまはどうなんだ?」

と、きいた。

「今の暮らしに満足していると仰っていました。でも、ほんとうは復帰したいのではないかと思います」

新吾は想像を口にした。

そのとき、香右衛門の言葉を思いだした。口ではそう言っても本心は違うはずですと、言ったのだ。それを聞いたとき、おやっと思ったが、改めて振り返ってみて、あることに気付いた。

香右衛門は漠泉に会いに行ったのではないか。そういえば、漠泉は何か言い出そうとしてやめたことがあった。

香右衛門は新吾と間宮林蔵との関係を気にしているのだ。自分のほうに取り込むために、漠泉のことを利用しているのだ。

そうだとすると、そのやり方には反発を覚えるが、それで表御番医師に返り咲くことが出来るのなら、漠泉のためには喜ばしいことだ。

新吾は酒を運んできた香保を見た。香保も漠泉の表御番医師復帰を望んでいるに違いない。新吾は複雑な思いにとらわれていた。

四

翌日の昼、新吾は上屋敷をあとにして三味線堀を通り、向柳原から神田川に出た。新シ橋を渡ったとき、手拭いを頭からかぶった男が目の前に現われた。

「宇津木先生」

男が手拭いを外した。

「倉吉さん」

「ここでお待ちしていました」

「河太郎さんの傷はどうですか」

「だいじょうぶです。すみません、ここではひと目がありますので、また柳森神社までいいですかえ」

「わかりました」

新吾は勘平に先に帰るように言い、倉吉と共に柳原の土手を柳森神社まで行った。

境内に入り、社殿の脇に立った。

「河太郎が幻宗先生の施療院を勝手に飛び出したのにはわけがあるのです」

倉吉が説明をはじめた。

「宇津木先生に助けてもらいましたが、あっしが浪人に襲われた件です。あの浪人はあの場所であっしを待ち伏せていたんです」

「待ち伏せ？　倉吉さんがあそこを通ることを知っていたということですね」

「ええ、あっしが新大橋を渡り、小名木川に沿って高橋まで行くことは誰も知りません。たったひとりを除いて」

「ひとりを除いて？」

「はい」

「あなたたちの背後にもうひとりいるということですね」

「そうです」

倉吉は素直に認めた。

「あっしを襲った浪人は頭巾をかぶった侍に頼まれたと言ってました。おそらく、あの浪人はあっしを斬ったあと、施療院に向かい、河太郎を殺したはずです」

「浪人を送りこむことが出来たのはあなた方の背後にいた人物ですね」

「そうとしか考えられません。もっとも、証があるわけじゃありませんが」

「その人物の名は？」

「それは河太郎といっしょのときにお話をさせてください。宇津木先生」

倉吉は哀願するように、

「どうかあっしらの力になってやってください」

と、頭を下げた。

「ともかく、河太郎さんと会わせてください。そして、事情をお聞かせください」

「ええ。今夜六つ半に鳥越《とりごえ》神社まで来ていただけますか。その裏手の家の離れにやっかいになっています」

「わかりました」

「では、そのときに」

倉吉は用心深く、辺りを見まわして鳥居を出て行った。

新吾も遅れて境内を出た。

新吾は柳原通りから米沢町に向かい、『西国屋』に寄った。

ちょうど、店先に香右衛門がいた。外出先から帰ったばかりのようだった。

「これは宇津木先生」

香右衛門は頭を下げた。

「少しお話が」

「わかりました。どうぞ」

香右衛門は新吾を客間に通した。

「何か」

「家老の宇部治兵衛さまとお話をしてきました。宇部さまは、河太郎の背後に黒幕がいると睨んでいるようです」

「ええ。水夫だけでこれだけのことが出来るとは思えません。河太郎から黒幕のことをききだそうとしたのですが……」

香右衛門は首を横に振った。

「河太郎たちは一千両を要求しているんですね」

「そうです」

「黒幕は河太郎たちと一千両をどうわけるつもりでしょうか」

「……」

「四人で平等に分けたらひとり二百五十両、黒幕が半分をとるとして五百両。あれだけのことをして、黒幕にしたら手に入れる額が少ないように思えるのですが」

「……」

「その後、河太郎の仲間からもまだ何も言ってきていないのですね」

「ええ、何も」

「そうですか」

倉吉は河太郎の傷が癒えるのを待っているとは思えない。もはや、ふたりは何も出来ない状況なのではないか。

「何か」

香右衛門は不安そうな顔をした。

「黒幕がいたとしたら、抜け荷の証の品名書きなどは黒幕が持っているとみていいでしょう」

「ええ」

「じつは、黒幕が河太郎たちを裏切った形跡があるのです」

「裏切る?」

香右衛門が顔を強張らせた。

「いや、黒幕は最初から河太郎たちを利用していたのです。一千両を要求したのは河太郎たちですが、黒幕の狙いはもっと別なところに」

「別なところと言いますと？」

香右衛門は厳しい顔になった。

「もっと高額の要求を改めてするか、あるいは松江藩多岐川家の改易を望んでいるとか。宇部さまはそのことを心配していました」

「そうですか」

香右衛門は呟いた。

「確かに、その恐れはありますが、私はそのためにこのような大それたことをしたとは思えないのです。これは、私が商人のせいか、ひとは己の利益のために動くと思っています。宇部さまは武士ですから、忠義のために命を捨てることがあると仰るでしょうが、一銭の得にもならないことに命を賭けるとは、私にはどうしても考えられないのです」

「宇部さまは、次席家老だった八田彦兵衛の家来戸川源太郎が行方知れずになっていることを気にしていましたが」

「仮に、戸川源太郎であっても、狙いは金だと思います」

香右衛門は言い切った。

「いずれにしろ、黒幕は河太郎さんや倉吉さんを亡きものにし、改めて要求を突き付けてくるかもしれません」

「そうですな」

香右衛門は腕組みをした。

「そこで、お願いがあるのですが」

新吾は頭を軽く下げた。

「河太郎さんと倉吉さんをここで匿っていただけないでしょうか」

「ふたりを匿う？　『西国屋』を威したふたりですよ」

「はい。しかし、今のふたりは黒幕から逃げているのです。このままではふたりとも殺されてしまいます」

「……」

「ふたりはもう恐喝者ではありません。黒幕に騙され、今は命を狙われているのです。ふたりを匿い、黒幕の正体を明かしてもらったらいかがですか」

「ひょっとして、河太郎が宇津木先生に接触をしてきたのですね」

「はい」

「そうですか。わかりました。匿いましょう。ただし、黒幕の正体を明かすことが条件です」

「必ず、そうさせます。ありがとうございました」

「どのようにいたしますか。必要なら、手を貸しますが」

「三十過ぎの細身の鋭い顔つきの男がおりますね」

「はい、安蔵《やすぞう》と言います。安蔵に迎えに行かせますか」

「そうですね」

新吾は少し迷ったが、

「では、安蔵さんに手伝ってもらいましょうか」

と、頼んだ。

「わかりました」

香右衛門は手を叩いた。

廊下に足音がして、障子の前で止まった。

「お呼びにございますか」

女中の声がした。

「安蔵を呼んでくれ」

「はい」

足音が去って行く。

しばらくして、今度は男の声がした。

「安蔵です」

「入れ」

「へい」

障子を開けて、安蔵が入ってきた。やはり、尾行してきた男だ。

「先日はどうも」

安蔵が新吾に挨拶をした。

「安蔵、河太郎をうちで匿うことにした」

香右衛門は河太郎と倉吉は黒幕に裏切られたようだと話し、

「宇津木先生といっしょにふたりを連れに行ってもらいたい」

「わかりました」

安蔵は香右衛門に答えたあと、新吾に顔を向けた。

「どうすればよろしいんで」

「今夜の六つ半に、鳥越神社で倉吉さんと会うことになっています。河太郎さんは裏手にある家の離れにいるそうです。倉吉さんといっしょに河太郎さんをここに連れてきたいと思います」

「わかりました。では、その時分に鳥越神社に参ります」

安蔵は厳しい顔で言った。

「香右衛門さん。では、よろしくお願いいたします」

新吾は立ち上がった。


厳しい残暑も夜になって、ようやく過ごしやすくなった。

新吾は鳥越神社の拝殿の近くに立っていた。鳥居の陰に、安蔵がいる。

夜になっても、参拝客がやって来る。その中に、倉吉の姿はなかった。新吾がここにやって来てから四半刻は経った。

新吾は不安になってきた。黒幕に見つかったのではないか。安蔵が近づいてきた。

「来ませんね」

「ええ」

「この裏手にある家の離れにいるということでしたね。ちょっと捜してみます」

そう言い、安蔵は鳥居を出て行った。

新吾は待った。倉吉が嘘を言うはずない。何かの事情で、遅れているのだ。新吾はそう思った。

雲間から月が顔を出し、境内を明るく照らした。だが、まだ倉吉はやって来ない。

医者の本分は患者の病を治すことだ。そう自分に言い聞かせてきたのに、いつしか事件にどっぷり首まで浸かってしまった。

鳥居から男が駆け込んできた。安蔵だ。

「宇津木先生、たいへんです」

安蔵が訴えた。

「新堀《しんぼり》川沿いにある寺で男が殺されたようです」

「まさか」

新吾はすぐに境内を飛び出し、新堀川に向かった。

「あの寺です」

安蔵が指さす。

山門をくぐって行くと、本堂の裏のほうに提灯の明かりが揺れていた。ホトケが戸板に載せられて運ばれて行くところだった。

顔を見ようと、駆け寄ろうとしたとき、いきなり腕をつかまれた。

驚いて振り返ると、饅頭笠に裁っ着け袴の侍だった。

「間宮さま」

「のこのこ出て行ったら、いろいろきかれ、面倒なことになるぞ」

林蔵は注意をした。

提灯の中に、津久井半兵衛の姿があった。

「向こうへ」

林蔵は新吾を誘った。

山門を出て、新堀川にかかる橋を渡り、向かい側にある寺の山門をくぐった。

植込みの前で立ち止まり、

「殺されたのは倉吉という男だ」

と、林蔵が言った。

「河太郎は？」

「逃げた。河太郎と倉吉はさっきの寺の納屋に潜んでいたようだ」

「どうして、間宮さまはあの現場に？」

「昼間、新シ橋で、そなたと倉吉が会っているところを見た。それで、倉吉のあとをつけた。あの男は用心深かった。常に尾行者を気にしていた。寺があれば山門をくぐり裏門から抜け出た。かなり遠回りをして元鳥越町《もととりごえ》までやって来た。だが、そこまでだった。倉吉を見失った」

「間宮さま以外に、倉吉のあとをつけていた者がいたのではないかと思いますが」

「いや。いなかった」

「そうですか」

「下手人はすでにふたりの居場所を知っていたのだ。納屋の近くで倉吉を待ち伏せ、殺したのだ」

「河太郎はどうしたのでしょうか」

「危険を察して逃げたのではないか」

「まだ傷は治りきっていません。おそらく、そんなに遠くまで行けないでしょう。これから、捜してみます」

「そなた、下手人に心当たりがあるのか」

「いえ」

新吾は否定する。

「ほんとうか」

林蔵は疑わしげな目を向け、

「今回の件、河太郎ら三人だけでやれたとは思えない。陰で糸を引く者がいるに違いない。『西国屋』や家老の宇部治兵衛はどう見ているのだ?」

「わかりません」

「そうか。音松と倉吉が殺された。俺は仲間割れが起きたと思っている。抜け荷の証となるものを盗んだのは河太郎ら三人だが、筋書きを書いた者がいたと睨んでいる」

「間宮さま、ひとつお訊ねしたいのですが」

新吾は予《かね》てよりの疑問を口にした。

「どうして、今回のことに気付いたのですか。証の品が盗まれたことは秘密にされていたはずです」

「密偵を張り巡らせているからだ」

林蔵は言った。

「やはり、上屋敷に送りこんでいる間者からの知らせですか」

新吾は問いつめた。

「また、会おう」

林蔵は一方的に言い、山門を出て行った。

新吾は鳥越神社の裏手に足を向けた。武家地を抜けて、阿部川《あべかわ》町に出た。やはり、隠れるとすれば、寺だ。

新吾は寺がたくさん集まっている場所に向かった。すると、安蔵が戻って来た。

「宇津木先生、ちょうどよかった。河太郎を見つけました」

「どこですか」

「こっちです」

安蔵は先に立った。

茅葺《かやぶ》き屋根の山門の寺に入った。雲に隠れていた月がまた出て、境内を明るく照らした。安蔵は足音を忍ばせ、本堂の裏にまわった。

月明かりの射さない床下に、黒い影が目に入った。新吾は床下を覗いた。床下の柱に寄り掛かって苦しそうにしていた。

「河太郎さん」

新吾は声をかけた。

「宇津木先生」

河太郎は安心したような声を出した。

「駕籠を呼んできます」

安蔵が山門に向かった。

「もう心配はいりません」

新吾はやつれた河太郎を痛ましげに見ていた。

五

翌朝早く、新吾は『西国屋』に赴いた。

昨夜は駕籠で河太郎を『西国屋』に連れてきて、まず手当てをした。傷口はまた開きかけていたが、それほどの大事にはならなかった。

河太郎の傷に膏薬を塗った布を当て晒で巻いた。

「河太郎さん。話すことが出来るなら話してもらえますか」

新吾は河太郎に確かめた。

「音松に続き、倉吉まで殺されたんです。こうなったら、なんでもお話しいたしやす」

河太郎は呻くように言った。

新吾の横には香右衛門が、さらにその隣におようがいた。

「あっしらは本店の北前船の沖船頭です。去年の暮れ、あっしの前に、戸川源太郎という侍が現われました」

「やはり、そうでしたか」

新吾は思わず呟いた。

「死に追いやられた次席家老八田彦兵衛さまの家来だと言い、八田さまの無念を晴らしたい。抜け荷の品名書きと品物を奪ってくれないかと言ってきたのです。それがあれば、一千両は手に入ると言うのです。万が一、失敗しても自分たちの悪事がばれるから、『西国屋』は訴えることは出来ない。絶対に安全だというので、つい乗ってしまいました。ひとりでは難しいので荷役の音松と倉吉に声をかけたんです。ふたりとも、博打と女で借金が嵩んでいたので、喜んで仲間に加わりました」

長崎沖で、唐船と落ち合い、『西国屋』の番頭が小舟で唐船に乗り込み、南蛮からの品物を手に入れて北前船に積み替えた。その取り引きの日付、場所、相手の唐人の名を控え、それに品名書きを密かに盗んだ。松江の湊《みなと》に向かう途中、わざと船を座礁させ、抜け荷の品物を海に落とした。それをふたりに船を出させて拾ったのだと話した。

「あっしらはすぐに松江を出て、江戸に向かいました。威すのは松江の本店ではなく、江戸の『西国屋』だと、戸川源太郎が言うからです。江戸で騒いだほうが威しに効き目があるからということでした」

河太郎は続けた。

「江戸に着き、言われたように神田岩本《いわもと》町の一軒家を訪ねました。そこで、戸川源太郎から『西国屋』に威しをかけるように言われ……」

「新大橋の近くで、賊に襲われましたね」

「あれはあっしと音松のふたりで『西国屋』を訪ねた帰りでした。一千両で取り引きをすると話し合いがついたあとでした。いきなり襲われたので、あっしはてっきり『西国屋』の仕業だと思い、腹を刺されましたが『西国屋』に向かったんです」

「あのときは驚いた。腹から血を流して……」

香右衛門が眉根を寄せた。

「これは確認ですが、河太郎さんを襲わせたのは香右衛門さんではありませんね」

新吾は香右衛門の顔を見た。

「違います。取り引きが済んだわけではありません。抜け荷の証の品はまだ手に入れていないのですから、そんなばかなことはしません」

「あっしも、あとから考えて、そんなはずはないと思うようになりました」

河太郎が言う。

「今は誰の仕業だと思っているのですか」

「戸川源太郎です。はじめからあっしたちを利用するつもりだったんです。じつは、戸川源太郎は証の品を自分が預かると言い出したんです。そして、その品物を持って、自分だけ別の場所に住んでいやがった。音松はそのことで、戸川源太郎に文句を言ったんです。音松は最初からあの男に不審を抱いていたようでした」

「なるほど。それで、音松さんを始末しようとしたのですね」

新吾は頷いてから、

「あなたたちは神田岩本町の家に寝泊まりしていたんですよね。米沢町の『西国屋』からの帰りでは新大橋は方角が違いますが？」

と、疑問を口にした。

「あとをつけられるかもしれないから、念のために新大橋のほうをまわって帰れと、戸川源太郎に言われたんです。音松は反対をしたのですが、あっしは取り合わなかった。そのとおりにしたら、襲われたのです」

河太郎は呻くように、

「あっしは、音松の言うことを信じなかった。それが悔やまれます」

河太郎は無念そうに言う。

「あなたが戸川源太郎に疑いを持ったのはいつですか」

「幻宗先生の施療院にやって来た倉吉が、今待ち伏せされて襲われた、宇津木先生が現われなかったら殺されていたと興奮していました。もし、自分が殺されていたら、そのあと施療院に押しかけるのではないかと倉吉は言ったんです。そのとき、わかりました。倉吉があっしの居場所をおしえたのは戸川源太郎だけでしたから。あの男はあっしたちを利用して、用済みになればあっさり抹殺……」

河太郎は悔しそうに言う。

「戸川源太郎がどこに住んでいるか知らないのですか」

「きいても教えてくれませんでした」

それまで黙ってきいていたおようが口を出した。

「戸川源太郎と会うときはどうしていたのですか」

「向こうが岩本町の家にやって来たんです」

「戸川源太郎はどんな風貌《ふうぼう》ですか。年齢は？」

おようがさらにきいた。

「眉毛が濃く、顎が鋭く尖っています。中肉中背です。三十半ばぐらいでしょうか」

「わかりました」

おようが下がった。

「河太郎さん。戸川源太郎の狙いはなんだと思いますか」

新吾はきいた。

「主人の八田彦兵衛さまの無念を晴らしたいと言ってましたが、怪しいと思います。ほんとうは大金を独り占めしたかったんじゃないでしょうか」

「一千両を、ですか」

「いや、あの男のことです。もっとふっかけるかもしれません」

「私のところに改めて現われるのですね」

香右衛門が苦い顔をした。

「もしかしたら……」

河太郎が呟くように言う。

「なんですか」

新吾は河太郎の顔を覗き込む。

「松江藩に狙いをつけるかもしれません」

「松江藩に？」

「殿さまです。殿さまに脅迫文を送るかもしれません」

「どうして、そう思うのですか」

「はじめて『西国屋』に話を持っていったあと、『西国屋』は一千両を出しそうですと報告したんです。そのとき、松江藩の殿さまに威しをかけたほうがもっと金をとれるかもしれないと、戸川源太郎が言ったんです。危険じゃないかときいたら、こっちは松江藩の首根っこをつかんでいるのだから何も恐れることはないと言ってました」

「戸川源太郎が松江藩を威すとしたら、五千両ぐらい要求してくるかもしれませんね。もし、そうだとしたら松江藩はその金を工面出来るのでしょうか」

「いえ、私どもにも助けを求めてきましょう」

「相手がわかったのです。捜し出せませんか」

おようがきいた。

「盗みをそそのかし、あげく仲間を殺した戸川源太郎をこのままにしておくわけにはいきません。奉行所の力を借りれば見つけ出すことは難しくないかもしれません。ですが、戸川源太郎が捕まれば、抜け荷のことが明らかになってしまいます」

「……」

おようは息を呑んだ。

「松江藩や『西国屋』さんにとっては、抜け荷の証を手に入れたあとに、奉行所に戸川源太郎を訴えるべきでしょう」

「でも、戸川源太郎は抜け荷のことを喋るのでは」

おようが懸念を示す。

「証さえなければ、なんとか言い逃れは出来ましょう」

香右衛門が言う。

「でも、疑いは残ります。疑いを解消するには今後一切抜け荷をしないことです。松江藩と『西国屋』を存続させるには、もう抜け荷をしないことが肝要です」

新吾は言い切った。

「ともかく、敵の正体がわかったことは大きな前進です。さっそく、ご家老にお話をいたします」

おようは腰を上げた。

「あっしはどうなるんでしょう?」

河太郎が不安そうにきいた。

「傷が癒えたら、自首してください。北前船から積荷を盗み、それを売りさばこうとしたと。抜け荷のことは言わず」

「わかりました。そうします。これも身から出た錆です。音松も倉吉もいなくなっちまって……」

河太郎は目尻を濡らした。

あとを香右衛門に任せ、新吾は『西国屋』をあとにした。

翌朝、上屋敷に出て、まっさきに家老屋敷に行った。

宇部治兵衛も待ちかねたように新吾を迎えた。

「おようからきいた。やはり、黒幕は戸川源太郎だったそうだな」

「はい。河太郎は戸川源太郎に騙されたと憤慨《ふんがい》していました。やはり、狙いは復讐でしょうか」

「いや」

治兵衛は暗い顔で首を横に振った。

「何かありましたか」

「昨夜、門番所にわし宛ての文が届いた」

「文？　まさか、戸川源太郎から？」

「差出人はないが、抜け荷の証となる品を一万両で買い取れという内容だ。同じ文面の文が殿宛てにも届いたと高見左近が言ってきた」

「なんと」

新吾は絶句した。

「拒めば、この品を公儀隠密の間宮林蔵に渡すと書いてあった」

「間宮さまに……」

「戸川源太郎なら、何年か前に間宮林蔵が抜け荷を疑い、大坂町奉行所に松江藩を調べるように告げたことを知っている」

松江藩が幕閣に手をまわし、大坂町奉行所の探索をやめさせた。間宮林蔵はそのときの悔しさを忘れていない。だから、今回の件も懸命に調べているのだ。証の品が林蔵に渡れば、今度こそ松江藩は逃れられない。

「それにしても一万両とは大きくふっかけてきたものだ」

治兵衛は憤然と言う。

「本気で一万両を手に入れようとしているのでしょうか」

新吾は疑問を入れた。

「とうてい現実的ではありません。一万両をどうやって受け取るのか。他に仲間がいるにしても、千両箱十個を運ぶのはたいへんです」

「船だ」

治兵衛は厳しい顔で言う。

「川船に一万両を積み込み、莚をかぶせてわからないようにし、今後指定する場所にもやっておけと指示してある」

「一万両を威し取るというのは本気なのでしょうか」

「どうやら、本気のようだ。松江藩の改易を企むなら、こんなまわりくどいことをせず、直接間宮林蔵のところに駆け込めばいいのだ」

「そうですね。で、どうなさるのですか」

「金が狙いのほうが助かる」

「一万両を渡すのですか」

「用意する。そして、船の金を受け取りにきたところを捕まえる」

「渡す気はないのですね」

「もちろんだ」

治兵衛は厳しい顔で言う。

「証の品が手に入らなかったらどうするのです」

「うまくやる」

「もし、金をとりにくるのが戸川源太郎本人でなかったら……」

新吾は危惧を口にした。

「本人が現われるとは限りません」

「一万両だ。すべてを他人任せにするとは思えぬ。戸川源太郎に仲間がいても、深い結びつきのある者ではないはずだ。仲間の河太郎たちを裏切るような男だ。他人からも裏切られると思っているはずだ。大事なことは他人任せにはしまい」

「……」

「国表のほうで戸川源太郎について調べている。八田彦兵衛が死んだあと、行方を晦《くら》ましているが、どこにいったか何か手掛かりがあるはずだ。必ず、捕まえてやる」

治兵衛は厳しい顔で言った。

「さきほど一万両を用意すると仰いましたが、ひょっとして『西国屋』に用意させるつもりでは？」

「当家だけでは無理だ」

「『西国屋』でも苦しいのでは？」

「方々から借りまくればいい」

治兵衛は簡単に言う。

あまりにあっさり言うので、新吾はもしやと思った。

「ほんとうに一万両を用意するのですか。ひょっとして千両箱の中身は石ころ……」

新吾ははっとし、

「戸川源太郎は用意周到です。当然、そこまで考えているはずです。千両箱の中身をすべて確かめない限り、品物を渡さないのでは？」

変な小細工をしないほうがいいと、新吾は訴えた。

「心配いたすな。あとは我らに任せればいい」

治兵衛は口元に不敵な笑みを浮かべた。

自信があるのか、治兵衛には追い詰められたという危機感はない。そういえば、『西国屋』の香右衛門も危機に見舞われているというのに取り乱したところはなかった。

何か秘策があるのかもしれない。新吾はそう思った。


家老屋敷から御殿に入り、番医師の詰所に入った。

麻田玉林がすでに来ていて、茶を飲んでいた。

「宇津木どの。遅いではないか」

湯呑みを置いて、玉林がきいた。

「はい。ちょっと」

「最近、何かちょろちょろ動き回っているようだが、何かあるのか」

「いえ、そういうわけではありません」

「そうか。どうも、ご家中の様子がおかしい。重役方が浮き足だっているようなのだ」

「ほんとうですか」

新吾はきいた。

「ほんとうだ。用人どのを検診したが、他のことを考えているようでどこか上の空なのだ。他のお方も似たようなものだ」

確かに、御家の存亡の危機に直面しているのだ。重役方は落ち着かないに違いない。

それに引き替え、家老の宇部治兵衛は表情こそ厳しいが、狼狽《ろうばい》はしていない。あくまでも強気だ。

「失礼します」

声とともに襖が開いた。

花村潤斎の弟子だ。

「宇津木先生、潤斎さまがお呼びです」

「わかりました。すぐ、お伺いします」

新吾は応じた。

「すっかり、潤斎さまに気に入られたようだな」

玉林は嫉妬混じりに言う。

「同じ蘭方医として見捨てておけないところがあるのかもしれません。では、行ってきます」

当たり障りがないように言い、新吾は立ち上がった。

近習医の詰所に行くと、花村潤斎が待っていた。

「お呼びでございましょうか」

新吾は声をかけた。

「そなたは知っていたのか」

いきなり、潤斎が声を潜めてきいた。

「何をでございますか」

「今朝、殿さまの検診に行ったとき、殿さまはたいそう暗い顔をしておられた。ここしばらく前から殿さまの顔色が優れなかった。が、今朝は格別だ。高見左近どのに確かめたら、なんでもないと言っていた。だが、その左近どのの顔色も優れなかった」

「……」

やはり、一万両の件だろう。

「そなた、何か知っているのではないか」

「いえ。私は何も……」

新吾は否定する。

「何も隠さずともよい」

潤斎は真顔になって顔を近づけた。

「そなた、最前、ご家老の屋敷に行ったな」

「はい」

「どんな用だった?」

「それは……」

新吾は言いよどんだ。

「昨夜、ご家老と殿宛てに差出人不明の文が届いたそうではないか。その件であろう」

「どうして、そのことを?」

「やはり、そうか」

潤斎はため息をつき、

「言えないなら仕方ない。わしに信用がないということだ」

「いえ、決してそうではありません」

「まあいい。ご苦労であった。もういい」

潤斎は突き放すように言い、

「今度はまともに話してもらう」

と、厳しい顔で言った。

「はい。失礼します」

新吾は逃げるように潤斎の部屋を出た。

改めて、上屋敷に暗雲が立ち込めていることに気付かされた。

第四章　幕引き

一

数日後、上屋敷から小舟町の家に帰ると、間宮林蔵が客間で待っていた。

「どうしても訊ねたいことがあってな」

差し向かいになるなり、林蔵が切り出した。

「なんでしょうか」

新吾は思わず身構えた。

「そなた、先日、どうして今回のことに気付いたのかときいたな。わしは密偵が探り出したようなことを言ったが、じつは違うのだ」

林蔵は顔をしかめて言い、

「ほんとうは、投げ文があった」

「投げ文？　間宮さまのお屋敷にですか」

「そうだ。松江の『西国屋』の雇人水夫の河太郎と荷役の音松、倉吉の三人が、抜け荷の証となる品を奪い、江戸の『西国屋』を強請っているとあった。もちろん、真偽は不明だったが、音松が殺されたことから、本格的に探索に入ったのだ」

「三人の背後に、戸川源太郎がいるとわかったのはどうしてですか。やはり、投げ文があったのですか」

「違う」

「では、上屋敷に送りこんでいる間者からの知らせですね」

「さあな」

林蔵はとぼけてから、

「わしが気になっているのは投げ文だ。誰がなぜ、わしに三人の企みを知らせて寄越したのか」

「……」

「そなた、何か思い当たることはないか」

「いえ」

「その顔は知っていると白状していると同じだ」

「そんなことはありません」

「では、想像でもいい。話してくれぬか」

林蔵はかなりのことを調べているはずだ。新吾にきいているのは、新吾をためすためか。それとも、自分の考えに確信が持てないからか。

「そうか。話してくれぬのか」

林蔵はため息をついたあと、

「なら、わしの考えを言おう。投げ文の主は戸川源太郎ではないか」

と言い、新吾の顔を睨むように見た。

「さあ」

新吾は首をひねる。

林蔵は冷笑を浮かべたが、すぐ厳しい顔に戻って、

「戸川源太郎は三人を殺そうとした。三人のことをわしに訴え、かつ殺そうとした。どういうことなのか」

「……」

「戸川源太郎は八田彦兵衛の子飼いの家来だそうだな。八田彦兵衛を死に追いやった

藩主嘉明公を恨んでいるとしたら松江藩の改易を目論むことも考えられる。だから、わしに何かを知らせようとした。そう考えることも出来る。だが、それにしては、やることがまどろっこしい」

林蔵は渋い顔をした。

「私も腑に落ちないことがあります」

新吾はそう言ってから、

「戸川源太郎は忠義のために復讐しようとしているとは思えないのです。第一、八田家は存続しています。もし、松江藩が改易の憂き目をみれば、家臣はすべて路頭に迷うことになります。八田家も然《しか》り」

「いや、戸川源太郎は八田彦兵衛だけに仕えていたのかもしれない。息子の代になって、自分は疎外されることが目に見えていた。だから、奉公を辞めたのだ。その後、戸川源太郎は不遇な暮らしに追い込まれた。改めて、八田彦兵衛を死に追いやった嘉明公に恨みを抱くようになった」

林蔵は目を細めながら言い、

「だが、復讐をしても、自分は一銭の得にもならない。そこで、一か八かの賭けに出たのではないか。金を要求する。金が手に入ればそれでよし。失敗したら、抜け荷の証をわしに預け、松江藩を改易に追い込む。その覚悟でやっているのかもしれない」

「五年前、間宮さまは松江藩と『西国屋』がつるんで抜け荷をしていることを突き止め、それによって大坂町奉行所が動いた。でも、ひと月後に奉行所は探索を止めたということでしたね」

「そうだ。松江藩は幕閣の誰かを籠絡《ろうらく》したのだ」

「今回も同じことになりかねませんか」

「いや、五年前は明らかな証がなかったからだ。今回は証があるようだ。それがあれば、上からの邪魔が入ろうが松江藩を追い詰めることは出来る」

林蔵は自信を見せた。

「やはり、抜け荷の証が大事なのですね」

「そうだ。だから、松江藩は相手のどんな要求を呑んでも証の品を取り返そうとするはずだ」

林蔵は言ってから、

「戸川源太郎は松江藩に取り引きを求めるはずだ。取り引き場所がわかれば、一網打《いちもうだ》尽《じん》に出来る。そなたはそれをきき出すことは出来ぬか」

「そんな大事なことを、私に話すはずありません」

新吾はあえて言う。

「もし、わかったら教えてもらいたい。夜分に失礼した」

林蔵は腰を上げた。

「あっ、間宮さま」

新吾は思い出して、

「さっきの投げ文ですが、戸川源太郎の仕業だとして、どうして間宮さまのお屋敷の場所を知ったのでしょうか」

と、自分も立ち上がってきいた。

「誰かにきいたのだろう」

「誰にでしょうか」

「誰に？」

「戸川源太郎は松江に住んでいたのです。八田さまが亡くなって江戸に出てきたとしても二年足らずでしょう。直参に仕えていたわけではない戸川源太郎が間宮さまのお屋敷を知るためにはあちこちできまわらねばならなかったのではないでしょうか。そうまでして、なぜ、間宮さまに抜け荷の件を知らせようとしたのでしょうか」

「……」

「奉行所でもよかったのではないでしょうか」

「五年前、わしが大坂町奉行所を動かしたことを知っていたからだろう。八田彦兵衛の郎党ならわしのことも知っているはずだ。わしなら、確実に探索に乗り出すからな」

林蔵は応じてから、

「念のために、わしの屋敷をききまわっていた者がいたかどうか、調べてみよう」

新吾は外まで林蔵を見送った。

饅頭笠をかぶり、林蔵はすたすたと引き上げて行った。

翌朝、上屋敷に出た新吾は家老屋敷に呼ばれた。

客間で向き合うと、宇部治兵衛は口を開いた。

「昨夜、また、文が届いた」

「来ましたか」

新吾は思わず身を引き締めた。

「三日後の夜五つ（午後八時）に、一万両を積んだ船を駒形《こまがた》堂の前の桟橋にもやっておけと言ってきた」

「駒形堂で、取り引きですか」

「そうだ。高見左近を取り引き相手に名指ししてきた」

「高見さまを？　なぜでしょうか」

「殿のそばに仕えている者だからだ。嘉明公の名代としての指名だ。向こうの腹は、あくまでも殿との取り引きと考えているのであろう」

治兵衛は口元を歪めた。

「なんと返事を？」

「戸川源太郎からの一方的な指示だ。こちらから連絡をとる術はない」

「……」

「船に金が間違いなくあれば、品物を高見左近に渡すと言ってきた。ただし、周辺に家来を配置していたり、船で追跡する気配があれば取り引きは即座に中止すると書いてあった。その場合、抜け荷の証をもって奉行所に自訴して出る。松江藩と心中する覚悟は出来ているとも」

「ずいぶん腹が据わっているようですね」

新吾は感嘆してから、

「ほんとうにすぐ大事な品物を返すでしょうか」

自分が安全な場所に逃げるまで、品物を手元に置いておきたいのではないか。

「おそらく、駒形堂周辺に仲間を潜ませ、我らの動きを監視するのであろう。我らが妙な動きをしたら、即取り引きを中止するであろう」

「駒形堂から船でどこに行くのでしょうか」

新吾は首をひねった。

「向島《むこうじま》か、さらに千住《せんじゅ》のほうに行くつもりかもしれぬ。どこかに、大八車を置いて千両箱を運ぶか」

「戸川源太郎には仲間がいるようです。十人ひとがいれば、ひとり一個千両箱を担げばすべて運べますね」

新吾は想像した。

「千住までの両岸のどこに船をつけるか予想して、待ち伏せするか」

「何カ所もありましょう。それに、戸川源太郎もそのことを当然予想して対策を練っていると思われます」

「そうよな」

治兵衛は顔をしかめた。

「ご家老さま。金は本物を?」

「『西国屋』とも話したが、千両箱を二段に重ねる。上の段の五つは本物を用意する」

「五千両ですか」

「そうだ」

「向こうが下の段の千両箱まで開けたらどういたしますか」

「そこまでするか」

「用心深いと思います」

「いや、そんな手間隙《てまひま》のかかることはしまい。品物さえ手に入れば、こっちのものだ。なんとでもなる」

治兵衛は強気だった。

「でも、ご家老さま。なぜ、取り引きの話を私に？」

新吾は訝った。

「高見左近がそなたの手を借りたいと言っていた」

「手を借りる？」

新吾は呆れたように、

「私は医者です」

「そなたはもともと武士だ。左近はそなたの剣術の腕を買っている。藩内に、そなた以上に腕の立つ者はいないそうだ」

「それは買い被りです」

「じつは戸川源太郎は相当な剣客だそうだ。太刀打ち出来るのはそなたしかいないと、左近はみている」

「では、最初から私を引き込むためにいろいろお話ししていたのですか」

「戸川源太郎の剣の腕を知ってからだ。このとおりだ」

治兵衛は頭を下げた。

「困ります。お顔をお上げください」

新吾はあわてて言う。

「当家の危機なのだ。頼む」

「そんな」

新吾は困惑して、

「幻宗先生から医者以外のことに首を突っ込むことを禁じられているのです。それに私などよりよほど頼りになるご家来がたくさんいらっしゃるはずです」

と、固辞した。

「高見左近のたっての望みだ」

「先生のお許しを得てからでないと」

新吾は押し切られたように言った。

「そろそろ、出仕せねばならぬ」

治兵衛はそう言い、立ち上がった。

御殿の家老の用部屋に行き、執務に携わるのだ。

新吾は一足先に家老屋敷から御殿に戻り、詰所に入った。すると、待っていたかのように、若い武士が新吾を呼びにきた。

「高見左近さまがお呼びにございます。ご案内いたします」

「わかりました」

新吾は若い武士に従った。

御座の間に近い小部屋に案内された。待つほどのことなく、高見左近がやって来た。

色白の顔が微かに紅潮《こうちょう》していた。

「宇部さまからきいたと思うが、三日後の夜五つ、私と駒形堂まで行ってもらいたい」

いきなり、左近は切りだした。

「私は医者です」

「そなたしか頼りになる者はいないのだ」

「たくさんのご家来衆がいらっしゃるではありませんか」

「わしはそなたの剣の腕を身を以て知っている」

御家騒動のとき、左近は新吾を亡きものにしようとした。その際、ふたりは剣を交えたのだ。

「殿も、そなたを頼っている」

「……」

「場合によっては、その場で争うことになるかもしれない。そなたとふたりで」

「私は医者です。身を守ることはしても、相手を斃《たお》すことは出来ません。したがって、刀を持ちません。無手で行きます。それでよろしいでしょうか」

「それでも構わん」

左近はため息をついてから、

「じつは、少し気になることもある。だから、そなたの智恵も借りたいのだ」

と、厳しい顔になった。

「気になることとは？」

「いや、まだはっきりしたわけではない。すべて三日後の取り引き現場でだ」

左近が気になっているのは何か。

「わかりました」

新吾は頷いた。

「うむ。頼む」

「ご家老は半分だけ本物の千両箱を用意するということですが、抜け目がない相手に思えます。すべて本物を用意したほうがよいかもしれません」

「わかった。ご家老に相談し、『西国屋』に用意をさせよう」

左近は厳しい顔で頷いた。

新吾は詰所に戻って、幻宗に許しを得なければならないと屈託を抱えた。

二

その夜、新吾は幻宗の施療院に赴き、治療を終えた幻宗といつもの濡縁で会った。

「先生、じつはお許しを願いたく参りました」

新吾は濡縁に手をつき、口を開いた。

「抜け荷騒動に巻き込まれたか」

幻宗はいきなりきいた。

「はい」

新吾は驚いて返事をした。

「賊が、松江藩と『西国屋』に一万両を要求してきました。その取り引きが三日後の夜五つに駒形堂で行われます。そこに立ち会って欲しいと」

「そうか。そなたの性分からして、いずれこうなることはわかっていた」

「……」

「それはそなたの罪ではない。そなたなりの正義を貫きたいという、そなたの本質に根ざすものだ。わしにも止めることは出来ぬ」

幻宗はおしんが用意した湯呑みの酒を口に含んだ。

「いえ、決して正義からではありません。松江藩と『西国屋』は禁止されている抜け荷によってかなりの利益を受けています。強請られていたとはいえ、私は抜け荷をした側を助けようとしています」

新吾は自分の矛盾について語り、

「間宮林蔵さまからの頼みを蹴ったことにも胸が痛んでいます」

と、苦衷を吐露した。

「まず、目の前に差し迫っていることから解決していかねばならない。ひとつずつ解決していくのだ。抜け荷の問題はそれから考えるのだ」

「……」

「ともかく、一万両を要求してきた戸川源太郎を捕まえることだ。まず、そのことに専心せよ」

「わかりました」

新吾は大きく頷いた。

「戸川源太郎は一万両をどうやって運ぼうとしているのだ？」

「船です。船に積み込ませ、船ごと運ぶようです」

「しかし、船では追跡される恐れがある」

幻宗は湯呑みを持ったまま考え込んだ。

「どこぞの桟橋に仲間を十人待機させて運ぶのではないかと、想像したのですが」

「仲間がそんなにいるとは思えぬが」

幻宗は暗い庭に目を向け、

「倉吉を襲うのに浪人を雇っているな。仲間がいれば浪人を雇うことはない。また、三人を殺そうとした。そんなにあっさり仲間を切り捨てる男に十人の仲間がいるとは思えぬ。新たに十人を雇ったにしても、千両箱を預けるほどに信用出来る者を十人も集められるだろうか」

「先生は十人も仲間はいないと？」

「今までの動きを聞く限りでは、戸川源太郎のみか、あるいは他にもうひとりか、ふたり仲間がいるぐらいの印象だ。どうだ、今まで振り返って？」

確かに、新大橋での河太郎と音松への襲撃、倉吉殺し。それに間宮林蔵の屋敷への投げ文。いずれも人手は要しない。

千両箱を運ぶために十人の男を雇い入れることはありえないかもしれない。その連中が金に目が眩んで裏切るかもしれないのだ。

「では、どうやって金を運ぶのでしょうか」

新吾はきいた。

「わからぬ。そこが謎だ」

幻宗は湯呑みを空けた。

新吾は施療院からの帰り、幻宗の疑問を考えた。戸川源太郎の仲間は少ないとしたら、一万両をどうやって隠れ家まで運ぶのか。

そもそも一万両を奪う必要があるのか。

これまでの経緯を振り返ってみて、やはりわからないことは河太郎ら三人をなぜ殺さねばならなかったかだ。

三人は『西国屋』に一千両を要求した。一万両を奪うつもりだったら、なぜそんなことをさせたのか。

それより、なぜ三人を殺さねばならなかったのか。

翌日の朝、新吾は『西国屋』を訪れ、河太郎の傷を診た。だいぶ、傷口も塞がっているが、まだ無理は出来ない。

消毒をし、薬をつけた。

「先生、いつごろ動けるようになりますかね」

河太郎はきいた。

「あと半月の辛抱です」

「不思議なものです。威しに入った『西国屋』で、養生させてもらっているのですから」

「河太郎さん。『西国屋』から一千両をとろうと言い出したのは誰なんですか」

「戸川源太郎です。あの男が言い出しました。それなのに、『西国屋』の帰りを襲いやがった」

河太郎は怒りに顔を歪めた。

「なぜ、そんな真似をしたのでしょうか」

「抜け荷の証の品を独り占めしている戸川源太郎に苦情を言うようになったからかもしれません。あっしらに『西国屋』に行かせておいて、肝心の品物は自分で握ってしまって俺たちに渡そうとしないんですからね」

「なるほど。それで戸川源太郎は三人と手を切ろうとしたのでしょうか」

「そうだと思います」

「襲われたときのことですが、賊はどんな感じの男でしたか。戸川源太郎本人ではありませんでしたか」

「いえ、体の大きな遊び人ふうの男でした」

「最初に音松さんを刺し、続いてあなたに襲いかかったんですね」

「そうです」

「あなたは腹を刺されながら逃げたのですね。よく止めを刺されませんでしたね」

「へえ、今から考えると不思議です。ひょっとしたら、誰かが通りかかったので、中止せざるを得なかったのかも」

「いえ、そういう話は聞いていません」

「そうですかえ。では、なんで」

河太郎は怪訝そうな顔をした。

「それから倉吉さんが待ち伏せされたときのことですが」

新吾は続けてきく。

「襲った浪人は倉吉さんを襲ったあと、施療院に押しかけてあなたを殺そうとしたのではないかと考えましたね」

「ええ、そうです。倉吉もそう思っていました。宇津木先生、何か」

「倉吉さんを襲った浪人は、倉吉さんだけが狙いだったように思えるんです」

「どういうことですか」

「倉吉さんを殺したあとも、浪人は施療院を襲わなかったのではないかと」

「……」

「つまり、戸川源太郎はあなたまで殺すつもりはなかったのではないか。そんな気がしたんです」

「なぜ、あっしだけ？」

「わかりません」

「なぜなんでしょうか。負傷しているから何も出来ないと思ったのでしょうか」

「いや、あなただけは殺すには忍び難かったのか……」

新吾は呟いたが、どうもすっきりしなかった。

そこに襖が開いて、香右衛門がやって来た。

「宇津木先生、ごくろうさまにございます。いかがですか」

香右衛門は河太郎を見る。

「もうしばらくの辛抱です」

「そうですか」

「傷が癒えたら、奉行所に自訴します」

河太郎が言う。

「戸川源太郎を許しちゃおけません」

「ただ、私どもが困るんです」

香右衛門が表情を曇らせた。

「抜け荷のことを口にされると……」

「心配いりません。あっしは抜け荷のことは金輪際《こんりんざい》口にしません」

河太郎は強く言ったが、

「ただ、戸川源太郎が捕まってしまうと、その口から……」

と、不安を覗かせた。

「いえ、証がなければ、いくらあの男だって何も出来ません。まず、証の品を取り返すことです」

香右衛門は動じなかった。

「香右衛門さん、お金はすべて揃えたのですか」

「ええ。最初は半分だけのつもりでしたが、すべて本物にしました。万が一のことがあってはいけませんので」

「それがいいと思います」

「宇津木先生が取り引きの場所に出向いてくれるそうですね」

「はい」

「どうかお願いいたします」

「精一杯やってみます」

新吾は複雑な思いで答えた。

「では、私はこれで」

新吾は腰を浮かせかけたが、ふと思い止まり、

「河太郎さん。先ほども言いましたが、どうも戸川源太郎はあなたを殺すつもりはなかったように思えてならないのです。あなたと戸川源太郎との間に、何か殺されたふたりの関係とは違う何かがあったのではないでしょうか。もちろん、あなたはまったく気にしていないでしょうが、何か他のふたりと違うのでは……」

「そうですね」

「少し、そのことを考えてくれませんか」

「わかりました。でも、そのことが何かあるのですか」

「気になることは調べておきたいのです」

「そうですか」

「では」

新吾は改めて立ち上がった。

香右衛門といっしょに廊下に出た。

新吾は途中で立ち止まった。

「香右衛門さん、ひとつおききしたいのですが」

「なんでしょうか」

「五年前、大坂町奉行所が抜け荷の疑いで、松江藩と『西国屋』本店の探索をしましたね。そのとき、大坂町奉行所に幕閣のどなたかから強い働きかけがあって探索が中止になったそうですね」

「さすがに、宇津木先生はよくご存じで」

間宮林蔵を頭に浮かべてのことだろう。

「香右衛門さんが幕閣のどなたかと親しい間柄だったのですか」

「申し訳ありません。詳しいことは私の口からははっきりとは申し上げられませんが、お察しのとおりです」

「で、今回も最悪の場合には、同じ手を?」

「出来ればそうしたくはありません。というのも、あの方々はただで動いてくれるわけではありませんので」

「なるほど。へたをすれば、強請の相手と取り引きをしたほうが安く済むこともあるのですね」

「ええ。もっとも一万両などというとんでもない要求とは比べ物にはなりません。ただ、今度の場合は抜け荷の証の品が問題でして」

「わかりました。よくお話ししてくださいました」

新吾は礼を言い、『西国屋』をあとにした。

それから、新吾は松江藩の上屋敷に行った。

詰所に落ち着くと、潤斎の弟子が新吾を呼びに来た。新吾は屈託を抱えた。また、何かを執拗《しつよう》にきかれるのではないか。

新吾が部屋に入って行くと、潤斎はにこやかに迎えた。

「じつは上島漠泉どのの件だ。それとなく、わしの師を通じて奥医師桂川甫賢さまにきいてもらった。すると、漠泉どのは不運だったとしかいいようがない。返り咲きのお許しを得るように他の奥医師にも諮《はか》ってみてもいいということだった」

「ほんとうですか」

新吾は耳を疑った。

「漠泉どのが本気で復帰を望まれるなら、お許しを得てもらおうと思うが、どうであろうか」

「もう一度確かめてみますが、復帰を望んでいると思います」

「そうか。では、確かめて返事をしてもらおう」

「ありがとうございます。それで」

新吾は思い切ってきいた。

「謝礼はいかほどでしょうか」

「それは必要ない」

「ですが」

「そなたの岳父どののことだ」

「そうですか。で、潤斎さまの師はなんというお方なのでしょうか」

「表御番医師の花村法楽《ほうらく》さまだ」

「表御番医師？　では花村法楽さまは上島漢泉とは？」

「朋輩《ほうばい》ともいえる。その縁もあって、漢泉どのの返り咲きには熱心になってくれたのだ。いや、前々から時期がきたら、復帰を願い出ようと思っていたそうだ。だから、これは金の問題ではないのだ」

「そうでしたか。それなら、漢泉も喜びましょう」

　新吾は改めて礼を言った。

　潤斎の前から引き上げたが、よけいなことはきかれなかった。

　それにしても、潤斎の師が同じ表御番医師の花村法楽だったとは奇遇だ。これで、『西国屋』の香右衛門が漢泉のことを言い出したわけもわかった。香右衛門は花村法楽から漢泉のことを聞いていたのに違いない。

上屋敷から家に帰った新吾は香保に潤斎とのやりとりを話し、これから漠泉のところに行ってくると言って再び出かけた。

それから半刻余り後に、新吾は植木屋の『植松』の離れで、漠泉と差し向かいになった。

「きょうは表御番医師への返り咲きの件で参りました」

新吾は単刀直入に言った。

「そのことは以前にも言ったように、わしは今の暮らしに満足しているのだ」

「私ははじめてお会いしたときのような表御番医師の上島漠泉さまにもう一度お目にかかりたいのです。香保も同じ思いです」

「……」

「花村法楽さまをご存じですか」

「知っている」

「法楽さまも漠泉さまの復帰を望んでいるそうです。お願いです。この機会に、また表舞台に立ってください」

「そなたに、そのような気を使わせてしまい、申し訳なく思う。だが、もうわしの出る幕でない」

「そんなことありません。私だけが望んでいるのならともかく、花村法楽さまも復帰を望まれているそうです。どうか、ご決断を」

新吾は迫った。

漠泉は腕組みをして目を閉じた。長く瞑想をしていたように感じられたが、実際はそれほどでもなかったようだ。

漠泉は目を開けた。

「じつは、『西国屋』の主人が一度ここにやって来たのだ」

「えっ、香右衛門さんが？」

「そうだ。花村法楽がわしを復帰させたがっている。表御番医師に戻る気持ちがあるかと確かめにきたのだ」

「そうだったのですか」

「そのとき、わしは断った」

「せっかく、花村法楽さまの勧めがあったのにですか」

「ありがたいと思った。だが、わしは表御番医師時代の自分がいかに高慢だったか、いかに自分は偉いのだと勘違いしていたか。ここの暮らしではじめて気付かされたのだ。もう、そんな自分に戻りたくないと思ったのだ」

「……」

「ここで町医者をしていて、医者を志したころのことが蘇ってきた。その当時の気持ちで、今患者と接することが出来る。かえって、表御番医師の地位を剝奪されてよかったのだと思うようになっていた。だが、その一方で……」

漠泉は大きく息を吐いた。

「どこか虚しい思いに駆られていた。不思議なことだった。今の暮らしに満足しながら、どこか物足りなさを感じていた」

漠泉は自嘲ぎみに、

「己の心がわからないのだ」

と、呟いた。

「新吾、よく考えさせてくれ」

「わかりました。でも、医者を志したときの気持ちのまま表御番医師として活躍されることこそ、本物の医者ではありませんか」

漠泉は微かに頷いた。

「よいお返事をお待ちしています」

新吾は会釈をして立ち上がった。

手応えを感じ、新吾は帰途についたが、駒形堂での取り引きに思いが向かってにわかに緊張してきた。

三

月が皓々《こうこう》と照る中、新吾は高見左近とともに駒形堂の前に立っていた。虫の音がする。こおろぎだ。

残暑も峠を越え、夜ともなると涼しい風が吹いてくる。約束の五つまで四半刻ほど。用心をし、左近はこの付近に誰も配していない。ただ、吾妻《あづま》橋の上、そして山谷《さんや》堀と対岸の向島側に見張りを配し、さらに追跡のための船も川下に待機させていた。

目の前の桟橋にもやった船に十個の千両箱が積まれている。すべて、本物だ。抜け荷の証の品を手に入れることが先決だ。

一万両を取り返すのはその後のことだという考えを家老の宇部治兵衛はじめ、重役たちも共有していた。

取り引きは戸川源太郎の思惑どおりに行われるはずだ。

ただ、新吾はいまだに戸川源太郎がどうやって一万両もの金を隠れ家に運ぶのか、そのことがわからなかった。

新吾は十人の仲間で千両箱をひとつずつ運ぶと考えたのだが、幻宗は否定した。確かに、幻宗の言うとおりだ。

これが盗賊のおかしらなら思いどおりに動く手下がいるだろうが、戸川源太郎にはそういう仲間はいそうもない。

金でならず者をかき集めた烏合《うごう》の衆《しゅう》に千両箱を託すのは危険だ。

「陸からくるか、川か」

左近が周囲を見まわした。

「川かもしれません。陸だと、周辺を取り囲まれているかもしれないと考えるのではないでしょうか」

新吾は川からだと思った。

追跡の船がないか、調べながらここにやって来るのではないか。

「そろそろだ」

左近が緊張した声を出した。

「高見さま。あの船」

対岸の本所側から船が一艘近づいてくる。月明かりで、川面《かわも》はきらめき、船の人物の姿が浮かび上がった。頭巾をかぶった侍のようだ。

船は駒形堂を目指してきた。新吾と左近は岸辺に寄った。船の人物は火縄に火を点けてまわした。

「合図でしょうか」

「そうかもしれぬ」

船はゆっくり近づいてきた。

果たして、戸川源太郎か。船に乗っているのは船頭の他にひとりだけだ。あの船頭が一万両を積んだ船に乗り移り、漕いでいくのか。

が、船が途中で止まった。

「どうしたのでしょうか」

新吾は訝った。

「わからぬ」

左近も不審そうに船を見つめた。

やがて、船が舳先《へさき》を変えた。

「どうしたのでしょうか。戸川源太郎ではなかったのでしょうか」

「うむ」

船は向きを変え、下流に向かった。

「どうやら、違ったようだ」

左近が呟く。

「でも、五つは過ぎています」

そのとき、地を蹴る足音が聞こえた。誰かが走ってきた。若い武士だ。

「高見さま。たいへんです。この周辺に町方が」

「なに、町方だと」

「では、それに気付いて……」

新吾は唖然とした。

「おい、船で行け」

左近は若い武士に言う。

「はっ」

若い武士は一万両を積んだ船に乗り込んだ。

「そなたも乗って行け」

左近は新吾に言う。

「高見さまは？」

「町方がなぜ、ここに来たのか確かめる」

「私も残ります」

「よし。では、行け」

左近は若い武士に命じた。

船はゆっくり岸を離れた。

「なんで、町方が……」

左近が憤然とした。

「やはり、さっきの男は戸川源太郎だったのですね」

「そうだ。町方が取り囲んでいることに気付いたのだ」

左近は舌打ちした。

やがて、背後にひとの気配がした。

津久井半兵衛と岡っ引きの升吉が近づいてきた。

「津久井さま、どうしてここに？」

新吾は一歩前に出てきいた。

「宇津木先生こそ、どうして？」

半兵衛も不審そうな顔をした。

「松江藩の高見左近さまと大事な話をしていました」

新吾はとっさに取り繕った。

「他には？」

「いえ、我々だけです」

「最前、船が近づいてきましたね。途中で、向きを変えました。あの船は？」

ちゃんと見ていたのだ。

「私から話しましょう」

左近が口をはさんだ。

「松江藩の下屋敷にいる私の友人が原因のわからぬ頭痛にときたま襲われるのです。医者に診せてもわからない、そこで、こっそり宇津木先生に療治を頼んだのです」

「なぜ、下屋敷に行って診断をしないのですか」

半兵衛が疑わしそうにきく。

「宇津木先生は松江藩の番医師です。家老ら重役の方々の治療をするのがお役目。下級武士の診察には平医師がおります。おおっぴらに宇津木先生に診てもらうことは出来ないのです」

「それでここに？」

半兵衛は疑わしそうに左近と新吾の顔を交互に見た。

「津久井さまはどうしてここに？」

新吾はきいた。

「垂れ込みです」

「垂れ込み？」

「駒形堂で、新大橋と浜町河岸の殺しの下手人が今夜五つに何か大きな取り引きをすると、遊び人ふうの男があっしに訴え出たんです」

升吉が口を出した。

「その男は？」

「見つかったらたいへんなのでと、すぐに立ち去ってしまいました」

「そうですか」

何者かと、新吾は首をひねった。

「真偽不明だが、新大橋と浜町河岸の殺しの下手人を知っているようなので捨ててはおけぬと思って待機していました。五つごろに船が近づいたのでもしやと思いましたが、船は引き返して行った」

「捕り方もこの周辺に配置してあるのですか」

「してあります」

やはり、戸川源太郎は捕り方に気付いて引き返したのだ。

「私たちはここにいましたが、怪しい人影は現われませんでした」

新吾は疑いを逸らすように訴える。

「妙ですな」

半兵衛は顔をしかめた。

「もしかしたら、我らに対する嫌がらせかもしれません」

「嫌がらせ？」

「お恥ずかしい話ですが、当家のお抱え医師の間にもいろいろ確執があります。蘭方医の宇津木先生に診てもらうことをよしとしない者が……」

左近は作り話をした。

「そうなんですか」

半兵衛は新吾を見る。

「残念ながら、そういうことは……」

新吾は曖昧に答える。

「我らは虚仮《こけ》にされたというわけか」

半兵衛が新吾に言う。

「垂れ込みの男を捜すんだ」

半兵衛は升吉に言い、引き上げた。

「ちくしょう」

左近が吐き捨てた。

「いったい、誰が邪魔を」

もしかしてと、新吾はある男の顔を思い浮かべた。

間宮林蔵だ。戸川源太郎との取り引きがうまくいったら、抜け荷の証の品は松江藩に渡ってしまう。それを妨害するために……。

戸川源太郎の手元にあれば、抜け荷の証を手に入れる可能性はあるのだ。

吾妻橋の上から様子を窺っていた上屋敷の侍ふたりが駆けつけてきた。

「高見さま。どうなったのですか」

「失敗した。町方が現われたのだ」

左近は吐き捨てるように言い、

「山谷堀と向島側に待機している者たちに引き上げるように伝えるんだ」

「はっ」

ふたりは駆けだして行った。

「ともかく、引き上げよう。戸川源太郎からまた何か言ってくるのを待つしかない」

左近は無念そうに言った。

急に川風がひんやりと身に沁みた。


翌朝、新吾は上屋敷の詰所で、宇部治兵衛か高見左近からの呼び出しを待っていた。

戸川源太郎から再度文が届けば新吾にも声がかかるはずだ。

だが、四つ（午前十時）になっても、呼び出しはなかった。

「宇津木どの」

麻田玉林が広い額を向けて、

「最近、何をしているのか」

と、不審そうにきいてきた。

「じつは本業以外に野暮用がありまして」

「それはなんだ？」

顔が小さく顎が尖っている葉島善行も新吾に声をかけてきた。

「そなたが忙しいからと、私は朝から詰所に控えるように言われているのだ。事情ぐらい、話してくれてもいいではないか」

「じつはまったくの私《わたくし》ごとでして」

新吾は返事に窮する。

「花村潤斎さまとも頻繁に会っているようではないか」

玉林が言う。

「それは……」

ある程度のことを言わないと、ふたりは承知しそうになかった。抜け荷の件は言えるべくもないので、新吾はため息をついてから、

「じつは、私の妻の父は上島漠泉といい元表御番医師でございました。例のシーボルト事件の巻き添えを食らい、身分を剝奪されたのでございます」

「なに、上島漠泉さまだと」

玉林が目を見開いた。

「はい。ご存じでいらっしゃいますか」

「評判を聞いている。若い無名の医者にもやさしい言葉をなげかけてくれるそうな」

玉林が言う。

「私は直に教えをうけたことがあった」

葉島善行までが漠泉を知っていた。

「誰に対しても分け隔てなく接してくれた」

「そうか、そなたの妻女どのの父上が漠泉さまなのか」

「はい。花村潤斎さまの師は表御番医師の花村法楽さまと仰いまして、漠泉と友人だったそうです。花村法楽さまが漠泉の復帰を願い出てくれるという話を潤斎さまからお聞きしたのです。それで……」

「そうか。わしも上島漠泉さまのことにはご同情をしていた。復帰が叶うのであれば、喜ばしいことだ」

玉林は笑みを湛えた。

「私も漠泉さまに復帰していただきたいと願っている」

善行も真顔で言った。

漠泉はこんなに人望があったのだと思い、胸の底から熱いものが込み上げてきた。

「ありがとうございます。漠泉が知ったらどんなに勇気づけられるか」

新吾はふたりに向かって頭を下げた。

その後、昼前までいたが、宇部治兵衛や高見左近からの呼び出しはなかった。

松江藩上屋敷からの帰り、新吾は『西国屋』に寄った。

客間に通され、香右衛門と差し向かいになった。

「昨夜は思わぬ結果に終わりましたね」

香右衛門は厳しい表情で言う。

「一万両はうちの土蔵に戻っています。予想外のことでした」

「何者かが、この取り引きの邪魔をしているようにしか思えません」

新吾は間宮林蔵を念頭に置いて言った。

林蔵は独自の探索で戸川源太郎を追い詰めているのかもしれない。

「取り引きの邪魔をするのは何者でしょうか。また、何のために」

「升吉親分に垂れ込んだ男が見つかれば、何かわかると思います」

津久井半兵衛に期待を寄せたあと、

「きょうはまだご家老にも戸川源太郎からの文は届いていないようですね」

と、新吾はきいた。

「まだのようです。それにしても、戸川源太郎はよく町方がいるということに気づきましたね」

香右衛門は不思議そうにきいた。

「最初から警戒していたのでしょう。一万両を奪うのですから細心の注意を払っていたに違いありません」

もし、取り引きの現場に捕り方に踏み込まれたらたいへんなことになっていた。船の一万両と戸川源太郎が持っていた抜け荷の品書きが奉行所に没収されたのだ。

「ただ、気になることがあります。戸川源太郎はもう一度、取り引きを持ち掛けてくるかどうか」

新吾は懸念を口にした。

「一万両を諦めるということですか」

「自分の正体が露見したことは、戸川源太郎もわかっていると思います。河太郎さんの口から自分の名が出ることは想像がついていたはずです。一万両を奪っても奉行所に追われることになったら安住の地はなくなります。そうだとしたら、八田彦兵衛さまの恨みを晴らすことに狙いを絞ってしまうのではないかと」

「それは困ります」

香右衛門は渋い顔をした。

どうも、間宮林蔵の動きが気になる。林蔵が奉行所を動かした可能性も否定出来ない。

　林蔵の狙いはあくまでも抜け荷の証となる品を手にいれることであって、戸川源太郎には関心はないのだ。

　新吾ははっとした。奉行所が追い詰めた戸川源太郎を助け、その代わりに抜け荷の証を手に入れようと、林蔵は画策しているのではないか。

「どうかしましたか」

　顔色が変わったのを見逃さなかったのか、香右衛門がきいた。

「いえ、ちょっと」

「この際、どんなことでも仰っていただけますか」

「いえ、勝手な想像なので」

「そうですか」

　香右衛門はため息をつき、

「私も、戸川源太郎はもう一万両を奪うことを諦めたのではないかと思うようになりました。金を奪ったところで、宇津木先生が仰るように安住の地はありますまい」

「まだ、そうと決まったわけではありません。ご家老のところに戸川源太郎から仕切り直しの文が届くかもしれません」

「そうなら文は今日にも届きましょう」

「ええ」

新吾は今ごろ文が届いているかもしれないと思った。戸川源太郎が本気で一万両を奪う気があるなら、昨夜のことで苦情を言ってくるはずだ。

だが、何かもやもやしたものがまたも胸に広がった。何か見落としていることがあるような、そんな気がしてならない。

ふと、またもあることに引っ掛かった。戸川源太郎が河太郎だけは殺そうとしなかったわけだ。殺さなかったから、自分の名が露見したのだ。もし、殺していたら、戸川源太郎のことはわからなかったかもしれない。

もっとも、宇部治兵衛は松江藩多岐川家を恨んでいる可能性のある者として八田彦兵衛の郎党の戸川源太郎のことを調べていた。だから、河太郎がいなくても、いずれは正体は明らかになっただろう。

「旦那さま」

障子の向こうで番頭らしい男の声がした。

「おようさんがお出でになりました」

「わかった。ここにお通しして」

返事をしてから、香右衛門は新吾に顔を向け、

「ご家老の用事でしょうか」

と、首を傾げた。

「もしかして文が届いたのかもしれません」

しばらくして、おようがやって来た。

「失礼します」

部屋に入って、おようは目を見張った。

「宇津木先生もいらっしゃったのですか。ちょうどようございました」

おようは真顔で言い、

「『西国屋』さんのあとから宇津木先生のところにもお伺いするつもりでした。じつは、ご家老が今夜、家老屋敷に来てくださいとのことです」

「わかりました。お伺いいたします」

「私も、ですか」

香右衛門が答える。

新吾は確かめる。

「はい、ぜひにとのことです」

「わかりました」

新吾も返事をしてから、

「文が届いたのですね」

と、きいた。

「そのようです。私は詳しい内容は聞いておりません」

「ご家老の表情はいかがでしたか」

新吾はなおもきいた。

「とても厳しい顔つきでいらっしゃいました」

おようも暗い表情で言う。

「そうですか」

新吾は胸が塞がった。

「では、今夜、改めて」

新吾は挨拶をして『西国屋』をあとにした。

四

夜の六つ半前に、新吾は上屋敷内にある宇部治兵衛の屋敷に着いた。

すでに、客間には香右衛門が来ていた。

「先ほどは失礼いたしました」

香右衛門が頭を下げた。

「こちらこそ」

新吾も応じる。

ふたりの挨拶が終わったあと、襖が開いて宇部治兵衛と高見左近が入ってきた。

治兵衛はふたりの前に座り、

「ご苦労であった」

と、声をかけた。

「さて、ふたりとも気にしていたようだが、昼過ぎに戸川源太郎から文が届いた」

「何が？」

香右衛門は何が書かれていたかをきいた。

「まず、昨夜の非難だ」

「非難ですか」

「うむ。町方を手配していたのは重大な裏切りだと。信頼出来ぬ相手と二度と取り引きは出来ないところだが、もう一度、機会を与える」

「なんと高慢な」

香右衛門は憤慨した。

「で、今度はどうしろと言うのですか」

新吾はきいた。

「また、駒形堂だ。船に一万両を載せ、駒形堂前の桟橋につけろという指図だ」

「前回と同じですね」

新吾は確かめる。

「いや、違う」

治兵衛は激しく言った。

「奴は我らを信用出来ないと言い、金を安全な場所に移したあとに品物を渡すと言ってきた」

「なんですって。それじゃ、みすみす一万両を取られてしまうではありませんか」

香右衛門が声を高めた。

「それが相手の要求だ」

治兵衛は吐き捨てるように言い、

「反論は許されない。この要求を呑むかどうかだ」

と、高見左近に顔を向けた。

「私は呑むべきではないと思います。戸川源太郎は信用出来ません」

左近は強い口調で言う。

「それでは、証の品は返ってこないことに。その条件では、おそらく現場に戸川源太郎は現われないでしょう」

新吾は口を入れた。

「船を漕いできた男を捕らえ、戸川源太郎の隠れ家を白状させるのだ」

「あくまでも証の品を取り返すことが先決という考えもあるが、戸川源太郎は品物を返す気はない。最初から一万両を奪い、かつ松江藩を取り潰すことが狙いだったのだ。もはや、最悪の事態に備えねばならぬ」

言い終えたあと、治兵衛の唇が震えていた。

「どうだ、香右衛門」

治兵衛は険しい目を香右衛門に向けた。

「ここにいたってはいたしかたありません」

香右衛門は頭を下げた。

治兵衛も左近も頷いた。

「どういうことでしょうか」

新吾は身を乗り出してきいた。

「五年前と同様、ご老中を動かして探索を止めるのですか」

「その手筈も整えておくということだ」

治兵衛は言い、

「その前に、なんとしてでも戸川源太郎を捕まえる。取り引きは明日の夜五つ、駒形堂だ。今度は船に見せ金を積んでおけばいい」

と、覚悟を示した。

「宇津木どの、御足労だが、明日の夜もお願い申す。私とふたりで船でやって来た者を捕らえる」

左近は鋭い声で言った。

「新吾。そなたはここまででよい。香右衛門は残れ」

治兵衛が言う。

「わかりました」

新吾は腰を上げた。


夜道を神田川にかかる新シ橋までやって来て、新吾は足を止めた。上屋敷を出て、三味線堀を過ぎた辺りからひとの気配を感じていた。

振り返ると、黒い影が近づいてきた。饅頭笠の裁っ着け袴。間宮林蔵だ。

「間宮さま」

「こんな夜分に上屋敷に何用だ？」

「ちょっと詰所に忘れ物を」

「そなたの前に、『西国屋』の香右衛門が上屋敷を訪れた。いっしょの用ではなかったのか」

「いえ」

新吾は首を横に振り、

「間宮さまは何を？」

と、きいた。

「何か妙なのだ」

「妙？　何がでしょうか」

「今度の件だ。最初、わしにもたらされたのは、『西国屋』本店の北前船が座礁し、高麗人参の積荷が海に落ちた。その荷が海岸に流れ着いた。それを見つけた者が捌くために江戸に向かったということだった。ところが、実際は水夫の河太郎と荷役の音松、倉吉の三人が抜け荷の証の品を盗んだということがわかった。さらに、戸川源太郎という松江藩の家老八田彦兵衛の郎党が陰で糸を引いているという」

林蔵は息継ぎをし、

「正直に言おう。これらの情報はわしが調べて手に入れたものではない。向こうから飛び込んできたのだ」

新吾は林蔵が何を訴えようとしているのかわからなかった。

「戸川源太郎は松江藩を強請っているのであろう。その威しにわしを利用しているのだ。要求を呑まなければ、間宮林蔵に抜け荷の証を渡すとな」

林蔵はそう言ってから、

「だが、それならなぜわしの密偵を殺したのか。いや、それより、なぜ、伝吉が密偵だとわかったのか」

と、疑問を口にした。

「さらに、音松と倉吉を殺したわけもわからぬ。戸川源太郎の狙いがわしの考えたとおりだとしたら、ふたりを殺す必要はないのだ」

その疑問は、新吾も感じていたことだ。それに、なぜ河太郎は殺されなかったのか。いや、逆にいえば、河太郎を殺す必要はなかったのだ。だとすれば、音松と倉吉は殺さねばならない理由があったということだ。

「間宮さまはどうお考えですか」

新吾は確かめた。

「どうも戸川源太郎に操られているような気がしてならぬのだ」

「操られている?」

「そうだ。そなたもそういう目で事件を見直すのだ。何か、大きな間違いをしている。そう思えてならない」

林蔵はそう言ってから、

「じつは、そなたに指摘されたことがきっかけで、いろいろ考えたのだ。投げ文が我が屋敷に放り込まれた件だ。どうして屋敷の場所を知ったのかという問いかけだ」

と、付け加えた。

「わかりましたか」

「いや」

「間宮さま。五年前の大坂町奉行所の探索中止はどなたからの命令があったのですか」

「なぜ、そんなことをきく？」

「いえ。念のために……」

「松江藩は万が一のとき、また老中に頼んで揉み消そうとしているのか」

「いえ、そういうわけではありません」

「まあいい。板野美濃守《いたのみののかみ》さまだ。板野さまは今も老中職にあらせられる」

「板野美濃守さま……」

「だが、抜け荷の証の品が揃っていたら、たとえ板野さまの権勢をもってしても探索を止めさせることは出来まい。松江藩が美濃守さまを頼っても五年前のように行くかどうか」

林蔵は冷笑を浮かべ、

「また、会おう」

と言い、筋違橋のほうに去って行った。

翌日の夜五つ前、新吾は再び、駒形堂の前にいた。すでに周辺に町方がいないのを確かめてあった。

桟橋にもやってある船の千両箱は偽物だ。最初から取り引きをする気はなかった。船でやって来た男を捕まえる。それがいいかどうか、新吾にはわからない。

夜になって川風はひんやりとした。今夜は雲が多く、月は隠れている。

やがて、先日と同様、本所側から船がこちらに向かってくるのがわかった。舳先に頭巾をかぶり、鼻から下を隠した男が座っている。

「来ました」

新吾は口にした。

左近は桟橋に寄った。

きょうは船は止まることなく、まっすぐ接岸した。

船頭が船を杭にもやうと、頭巾の男はいったん桟橋に上がり、無言で千両箱を積んでいる船に飛び乗った。

そして、千両箱の蓋を開けた。あっと叫んで、男は立ち上がった。船が大きく横揺れした。

「上がれ」

左近は刀を抜き、男に突き出した。船頭も続いた。

男は素直に陸に上がった。

「頭巾をとれ」

左近が言うと、三十年配の馬面の男が泣きそうな顔を見せた。

「あっしは頼まれてやって来ただけです」

「なに。頼まれた？」

左近が叫ぶ。

「そうです。戸川源太郎ってひとに一万両を受け取りに行ってくれと言われて」

「おまえは？」

左近は船を漕いできた男に刃を向けた。

「あっしは深川の船宿の船頭です。戸川さんに頼まれて」

船頭は青ざめた顔で答えた。

「なんと頼まれたのだ？」

「千両箱を検めて、本物だったら千両箱を移しかえて運んで来いと」

「どこにだ？」

「仙台堀の亀久橋《かめひさ》の近くです」

「よし、そこに案内せよ」

左近はふたりに刃を突き付けて言う。

「へい」

新吾も左近といっしょに船に乗りこんだ。

「出せ」

船頭に言う。

「おまえと戸川源太郎の関係は？」

「昨夜、亀久橋の袂にある居酒屋で呑んでいたら、戸川って男に一両で頼まれたんだ。ほんとうです」

「その頭巾は？」

「これをかぶっていけと言われたんです」

「一両はもらったんですか」

新吾は確かめた。

「さっき船に乗る前にもらいました」

「戸川は亀久橋で待っているはずだったのか」

船はやがて両国橋、さらに新大橋をくぐって徐々に岸に寄って行く。そして、仙台堀に入った。

新吾はさっきから違和感を抱いていた。だが、その正体がわからないもどかしさに何度かため息をついていた。

海辺橋を過ぎ、亀久橋が見えてきた。

橋の近くの桟橋で、男といっしょに陸に上がった。

「戸川源太郎はいるか」

左近は男に声をかける。

男は周辺を見まわし、首を傾げた。

「いません」

「声をかけられたという居酒屋はあそこですか」

新吾は目の前の赤提灯の店を指さした。

「そうです」

新吾は左近に、

「居酒屋に行って、このひとの言うことがほんとうかどうか確かめましょうか」

と、きいた。

「いや、いい。船に替え玉を乗せていたのは、はじめから我らと取り引きをする気がなかったのだ」

左近は激しく言う。

新吾は辺りを見まわした。周辺に、戸川源太郎が隠れているかもしれないと思ったが、そのような気配はなかった。

「最後の手立てを実行するしかない」

左近は片頬《かたほほ》を歪めて言った。

「老中の板野美濃守さまですか」

新吾が言うと、左近は目を剝いた。

「いくら美濃守さまでも、抜け荷の証の品があるものをどうにか出来るでしょうか」

間宮林蔵の言葉を借りて言う。

「……」

左近から返事がない。

「高見さま。美濃守さまは松江藩とそれほどの昵懇なのですか」

「……」

「いかがなのですか」

「いや、昵懇ではない。だから、逆に金で動いてくれるのだ」

左近はそう言い、

「松江藩と『西国屋』を守るには、美濃守さまに頼るしかないのだ」

「……」

新吾はそれ以上、かける言葉を見出せなかった。

居酒屋から客が出てきた。日傭《ひようと》取りふうの男だ、その男は戸川源太郎に頼まれたという男を見つけ親しげに声をかけた。やはり、居酒屋の常連だった。

戸川源太郎の仲間ではないとはっきりした。

「引き上げよう」

左近は憤然と仙台堀沿いを歩きだした。新吾はあとを追いながら、またも何か大事なことを見失っているような気がしてきた。

小舟町の家に帰ると、順庵たちはすでに就寝していたが、香保は起きて待っていた。

「すまない。遅くなって」

新吾は詫びた。

「いえ、遅くまでごくろうさまです」

香保は新吾がなにをしているのか薄々気付いているようだ。

着替えてから、新吾は濡縁に出た。

床下からこおろぎの鳴き声がする。すっかり秋の気配が濃くなったようだ。

新吾は今夜の出来事を振り返った。駒形堂の前の桟橋に向かってやって来た船に乗っていたのは戸川源太郎ではなかった。戸川源太郎は最初から取り引きをする気がなかったのか、あるいはこちらを信用していなかったのか。

身代わりを立てたのは、こちらの出方を探るつもりだったのか。最初から取り引きをするつもりがなければ身代わりなどたてる必要はない。無視すればよかったのだ。

それなのに、なぜ居酒屋で見つけた男を駒形堂に寄越したのか。

そこまで考えたとき、はっとした。違和感の正体にいま気づいた。身代わりの男は戸川源太郎に頼まれたと言っていた。船頭も戸川に頼まれたと……。

なぜ、戸川源太郎はそう安っぽく自分の名を告げるのか。そもそもは、河太郎が戸川源太郎から話を持ち掛けられたことからはじまったのだ。

河太郎だけ、なぜ殺されなかったのか。新吾はあることに気づき、落ち着きを失った。

五

翌朝、新吾は『西国屋』に行き、奥の部屋で、河太郎と会った。

河太郎はふとんの上で半身を起こした。傷もかなり癒えていた。

「痛みは?」

「激しく動くと痛みはありますが、ふつうにしていれば、もう大丈夫です」

「河太郎さん、ちょっとお訊ねしたいのですが、戸川源太郎があなた方に会うときはいつも頭巾をかぶっていたのですね」

「そうです。顔を隠すような頭巾です。用心深い男でしたから」

「音松さんは戸川源太郎のことを何か言っていませんでしたか」

「何かとは?」

「戸川源太郎に対する不審のようなことは?」

「そういえば、音松は一度家老の八田彦兵衛が『西国屋』の本店にやって来たとき、見かけたことがあったそうです。そのとき、家来もいっしょだったそうです。そのときのことを音松がきいたら、その家来は自分だと戸川源太郎は答えていました。でも、あとで、音松は首をひねってました。雰囲気が違うと」

「雰囲気が違う？　倉吉さんは何か言ってましたか」

「家老の郎党は外出出来ないのか、あの男は松江のことをあまり知らないようだと言ってました」

「そうですか」

「それが何か」

「ふたりが殺されたのはそれが理由かもしれません」

「どういうことですか」

「あなたの前に現われた男は戸川源太郎ではなかったのです。その男は疑いを戸川源太郎に向けさせたかったのです。あなたを殺さなかったのは、あなたの口から戸川源太郎の名を言わせるためです」

「なぜ、そんな真似を……。戸川源太郎に恨みがあったのでしょうか」

「いえ、疑いを逸らすためでしょう」

「いったい、誰が？　でも、偽の戸川源太郎は結局、金は一銭も奪えなかったのですよね。無駄骨を折っただけじゃありませんか」

「いえ、無駄骨ではありますまい」

何かききたそうだった河太郎と別れ、新吾は部屋を出て香右衛門に会おうとした。

しかし、香右衛門は外出していた。

新吾は『西国屋』を出てから松江藩の上屋敷に行き、高見左近に面会を求めた。

すぐに、御座の間に近い小部屋で左近と向き合った。

「高見さま。老中の板野美濃守さまにまたもみ消しを頼むことになったのですね」

新吾は切りだす。

「止むを得ぬ」

「どういう手蔓《てづる》で、美濃守さまに？」

「そなたが知る必要はない」

「美濃守さまにはいかほどの謝礼を差しあげるおつもりですか」

「もうこの件は終わったのだ」

「いえ、終わっていません。高見さま。戸川源太郎は偽者です。真の黒幕を隠すために、あえて八田彦兵衛さまの郎党の名を使ったのです」

「……」

「松江藩も『西国屋』も目眩ましにあっていたのです」

「どういうことだ？」

「真の黒幕は松江藩から金を手に入れようとして今度のことを企んだのです。自分の家来に戸川源太郎と名乗らせ、水夫の河太郎に近付き、抜け荷の証の品を盗ませたのです」

「真の黒幕とは誰だ？」

「抜け荷のことを知っている人物です。そして、どうすれば松江藩から金が受け取れるかを知っている、つまりかつて松江藩から金を受け取ったことがある人物です」

「そなた、誰のことを言っているのだ。まさか」

左近は声を張り上げた。

「もちろん、証があるわけではなく、私の想像に過ぎません。しかし、そう考えるとすべて辻褄が合うのです。最初の取り引きのときに奉行所の町方が出張ってきたのは偽の戸川源太郎が垂れ込みをしたのです。最初から取り引きをする気などなかったのです。それから一万両を要求したのは、謝礼を多く出させるための方策です。おそらく、謝礼は五千両を要求されるでしょう。一万両からしたら半分で済むということです」

「……」

左近は絶句した。

しばらく目を閉じていたが、左近はかっと目を見開いた。

「黒幕は美濃守さまだと」

左近は呻くように言う。

「美濃守さまにはどうやって近づくのですか。嘉明公がお城でその話を？」

「香右衛門が懇意にしている表御番医師の花村法楽どのを介して奥医師の桂川甫賢にお会いし、美濃守さまとの繋ぎをとってもらうのだ」

「そうでしたか。おそらく、美濃守さまはそうやって繋ぎをとってくるのを待っていることでしょう」

「そなたの言うことはわかった。だが、今のことは忘れるのだ」

「えっ？」

「仮に、そなたの言うとおりだとして我らに何が出来る。向こうに抜け荷の証の品があるのだ。金をださねば、今度は美濃守さまの命令で奉行所が動く」

「……」

「真相がどうのこうのではない。我らの負けだ。抜け荷をしてきた事実が我らを弱いものにしている」

「わかりました。私は口を閉ざします。その代わり、抜け荷はもうおやめください」

「そうせざるを得まい」

左近は自嘲ぎみに言った。


半月後、新吾が上屋敷を出て新シ橋までやって来たとき、間宮林蔵が待っていた。

「抜け荷の件は妙な終わり方をしたな」

林蔵が貶むように言い、

「戸川源太郎は金を奪った形跡もなく、姿が消えてしまった。大坂町奉行所も江戸の奉行所も抜け荷の疑いで探索をはじめた形跡はない。もちろん、探索をやめさせる命令もなかった。『西国屋』の香右衛門が老中屋敷を訪れていた。その際、大八車の荷が運び込まれたようだ。密偵の話だと千両箱が積んであったそうだ。五千両はあったという。五年前の再現かと思ったが、老中の美濃守さまが手を打った気配はない」

「……」

「そなた、何か知っているな」

「証がありませんので、迂闊《うかつ》なことは言えません」

「そうか。そうそう、八田彦兵衛の郎党だった戸川源太郎のことである噂を聞いた。戸川源太郎は八田家に女中奉公していた女と大坂で暮らしているそうだ」

林蔵もまた核心に迫っているようだ。

「今後、おそらく松江藩は抜け荷をやめるであろう。これで、松江藩の抜け荷の摘発は出来なくなった。だが」

林蔵は鋭い目を向け、

「今回の黒幕をこのままにしておくつもりはない。偽の戸川源太郎を見つけ、同心の津久井半兵衛と力を合わせ、真相に迫る。まだ、殺しのほうは解決していないのだからな。また、宇津木どのに何かと相談に乗ってもらうことになるだろう。失礼する」

林蔵は踵を返し、悠然と去って行った。だが、その背中に怒りを堪えている様子が窺いしれた。新吾も、複雑な思いだった。

傷が治ったら自訴して出ると言っていた河太郎は再び姿を晦ました。『西国屋』の香右衛門が隠したのだ。おそらく、家老の宇部治兵衛や高見左近の指示であろう。

新吾も林蔵と同じ気持ちだった。黒幕の老中板野美濃守をこのままにしていいわけはない。

新吾が美濃守に近づく手立てがないわけではない。近習医の花村潤斎に頼み、表御番医師の花村法楽に会うのだ。法楽は上島漠泉の復帰に尽力してくれるのだ。漠泉のことを口実にすれば花村法楽に会うことは出来るだろう。

だが、その先に行けるか。奥医師の桂川甫賢に会い、美濃守と会えるところまで行けるか。

いつかわからないが、必ず美濃守に会い、真相を質したいと思った。

そのためにも、上島漠泉には表御番医師に返り咲いてもらうのだ。これから、いったん小舟町の家に帰り、改めて香保とともに、漠泉を説き伏せに行くつもりだった。

本作品は書き下ろしです。

双葉文庫

こ-02-33

蘭方医《らんぽうい》・宇津木新吾《うつぎしんご》

恐喝《きょうかつ》

2021年8月8日　第1刷発行

【著者】

小杉健治《こすぎけんじ》

【発行者】

箕浦克史

【発行所】

株式会社双葉社

〒162-8540 東京都新宿区東五軒町3番28号

［電話］03-5261-4818(営業)　03-5261-4840(編集)

www.futabasha.co.jp（双葉社の書籍・コミックが買えます）

【印刷所】

大日本印刷株式会社

【製本所】

大日本印刷株式会社

【カバー印刷】

株式会社久栄社

【DTP】

株式会社ビーワークス

【フォーマット・デザイン】

日下潤一

ISBN978-4-575-67065-3 C0193
Printed in Japan